速攻 引導式情境作文

國立臺灣師範大學國文系　潘麗珠 教授 總策畫

五南圖書出版公司 印行

【編撰委員簡介】

潘麗珠 教授 總策畫

學歷：國立臺灣師範大學國文研究所博士

任職：國立臺灣師範大學文學院國文學系教授

經歷：台灣師範大學人文教育研究中心主任；國立編譯館（部編本）國小國語組編審委員、二〇〇一～二〇〇九教育部九年一貫語文領域第三階段教科用書審查委員；教育部「九年一貫語文領域第三階段國文學科詩歌吟誦創意教學行動研究」計畫主持人；國科會「國中教師課程意識及教學實踐之研究」計畫主持人；文建會「咱的歌詩——台灣學者傳統詩歌吟誦專題網站」建置計畫主持人；二〇〇九～二〇一〇年韓國啟明大學客座教授；二〇〇四～二〇〇五年荷蘭萊頓大學訪問學人；二〇〇四年三月、二〇〇六年九月應新加坡教育部之邀，擔任新加坡中小學華語創意教學研討會的大會主講嘉賓；二〇〇四年擔任台北市中小學國語文教師輔導團之輔導教授；二〇〇三年～二〇

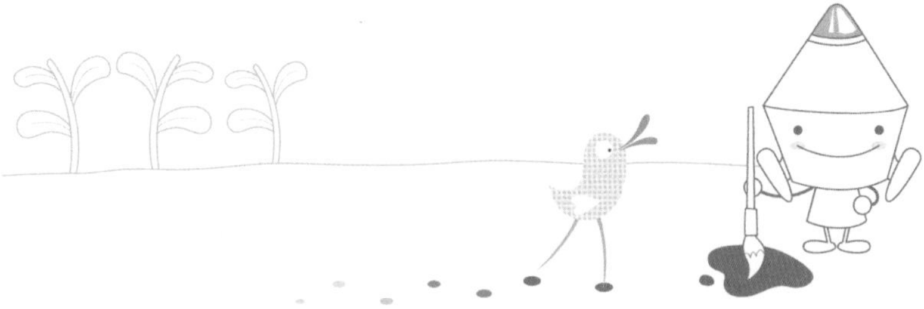

○五年擔任台北電台節目評選委員及顧問。

著作：《現代詩學》（增訂版，五南圖書公司）、《古韻新聲——潘麗珠吟誦教學》（幼獅文化公司）、《經典語文教學》（大陸漢霖文化公司）、《統整課程的探討與設計》（與楊龍立合著，五南圖書公司）、《國語文教學有創意》（幼獅文化事業公司）、《國語文教學活動設計》（萬卷樓圖書公司）、《雅歌清韻——吟詩讀文一起來》（萬卷樓圖書公司）、《台灣現代詩教學研究》（五南圖書公司）、《清代中期燕都梨園史料評藝三論研究》（里仁書局）、《基測作文不能犯的五十個錯誤》（合著／商周出版）、《如何閱讀一首詞》（合著／商周出版）、《閱讀的策略》（商周出版）、《現代散文風華》（合著／全華科技）等等。

陳秉貞

任職：臺北市立金華國中老師

國立臺灣師範大學兼任助理教授

教育部國民中學國語文教科圖書審定委員會委員

曾家麒

任職：國立中壢高級商業職業學校國文教師

鄒依霖

任職：臺北市立士林高級職業商業學校

張玉明

任職：國立板橋高級中學國文教師

余遠炫

任職：客家電視台新聞部組長

施教麟

任職：台北市明湖國中國文老師

王慈惠

任職：台北市建成國中國文老師

呂雅雯

任職：中壢市自強國中國文老師

吳韻宇

任職：桃園市慈文國中國文老師

林孟華

任職：前台北市金華國中國文老師

姚舜時、

任職：前台北市金華國中國文老師

陳淑慧

任職：台北市明湖國中國文老師

張月娟

任職：台北市士林國中國文老師

戴淑敏

任職：高雄縣大樹國中國文老師

簡素蘭

任職：台北市實踐國中國文老師

序言

青雲有路志爲梯——速攻引導式情境作文

今年寒假，大學學測作文題目是「漂流木的獨白」，而暑假指考作文題目是「應變」，兩者在題目出現之前，都有一段引導性的文字，對照歷年的作文題目：九十一年「對鏡」、九十二年「猜」、九十三年「偶像」、九十三年（因敏督利颱風導致部分考生補考）「朋友」、九十四年「回家」、九十五年「想飛」、九十六年「探索」、九十七年「專家」，也都在題目之前先出現一段說明或情境設定的文字。這樣的題目形式，可以稱之為「引導式情境

作文」。

今年的四技二專統測，加考了寫作測驗，出題方式與國中基測或大學學測、指考的不同之處在於：不但沒有固定題目，還要求學生的文章免訂題目，改以閱讀一則約四百字的短文，然後結合生活體驗，寫下文章。這一篇「四百字的短文」，可以視為一種潛在的引導，也是一種「情境設定」，直而言之，題目形式雖與學測、指考不同，骨子裡卻就是「引導式情境寫作」，寫作的內容不能離開所提供的短文、不能與短文毫無關聯，於是，「短文」便成了具有引導性質的情境限制。

面對這樣的出題形式，五南圖書公司邀請筆者策畫了本書：《速攻引導式情境作文》，想要幫助青少年學生因應新局，快速而有效地掌握得分的祕訣。針對寫作測驗規範，設

計、收錄了四十九篇容易摹寫、仿作的範例，有三十五篇引導式作文，十四篇情境式作文（也就是資訊整合寫作）。每篇都備有多元且實用的語文題型，以及第一線專業教師所傳授的寫作技巧。整體說來，本書具備四大特色：

㈠作文題型完整：引導和情境式作文兼顧，包括：書信、志願描述、對親人的感懷、暗戀的情愫、對周遭人事物的描摹、陳情書的撰寫、看漫畫寫文章、唐詩擴寫等等。

㈡文體易於仿作學習：無論記敘文、抒情文、論說文，篇篇容易仿作和學習，學生自行閱讀也易於吸收領會。

㈢實用語文練習：包括「字形挑戰」、「語詞挑戰」、「句子挑戰」三大單元，涵蓋了「字形」、「注音」、「填詞」、「配對」、「接龍」、「挑錯」、「添詞」、造句」、「仿句」、「增句」、「裁句」、「續句」、「長句分工」、「短句合作」、「長短自如」、「換個角度

說」等基本功的鍛鍊，穩固作文基礎，提昇語文表現力。

㈣傳授寫作絕招：由第一線專業國文教師傳授寫作技巧，讓學生不再面對試卷咬筆桿、乾發呆，絕招盡出，爭鋒必勝！

古語云：「青雲有路志為梯。」學生如果有志於學習寫作的要領，充分把握本書精髓，必能在寫作測驗的青雲路上，意氣風發！

臺灣師範大學國文系教授 潘麗珠

引導式作文題目索引

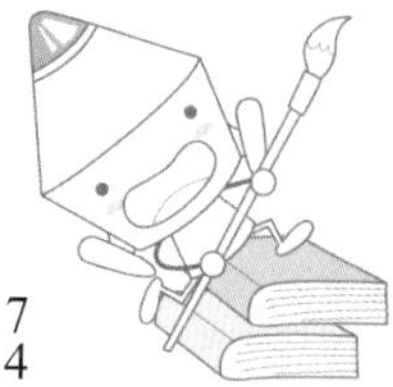

情境式作文題目索引

目錄

摩拳擦掌好實力

【字形挑戰】

1. 只要一ㄓㄢ（　　）染到毒品，就會無法自拔，到後來作ㄐㄢ（　　）犯科，琅ㄉㄤ（　　）入獄，才悔不當初。

2. 若想考好試，除了按ㄅㄨˋ（　　）就班，持續努力以外，還須ㄗㄨㄛˋ（　　）息正常，培養健康的體魄，如此才有ㄓˋ（　　）勝的本錢。

答案　1. 沾、姦、鐺　2. 部、作、致

【語詞挑戰】

接龍
・萬劫不復

答案　萬劫不復→復禮克己→己所不欲

・司空見慣

答案　司空見慣→慣養嬌生→生生不息→息事寧人

挑錯
・這些罪犯的自由雖然受到限制，但是他們完全是疚由自取，並不值得同情。

答案　~~疚~~由自取→咎由自取

【句子挑戰】

仿句
・生活並沒有改變。

答案　經濟並沒有改善。

續句
・這學期我當選了模範生……

答案　這學期我當選了模範生，真是令人雀躍呀！

仿寫作文好範本

說明

生活中每天不斷都有小事發生，有的深具意義，有的影響深遠。請你以「一件小事」為題目，寫出一篇涵蓋下列條件的文章：

◎寫出事情發生的經過與當時的心境。

◎寫出事後的結果與當下的感想。

◎寫出事後個人的檢討反省與自我的期許。

範文

一件小事

◎論說文

有句話說：「勿以善小而不為，勿以惡小而為之。」習慣的養成也是如此，很多成功者都因為有良好的習慣，按部就班持續努力，所以最後成功了；但也有許多作姦犯科者，因沾染惡習，最後琅鐺入獄萬劫不復。

國中一年級我常遲到，「你屬豬嗎？」對於同學的揶揄，我早就司空見慣，放學後也常因此被導師留下來罰背書，不過我一點都不以為意，反正爸媽都晚下班，太早回家也很寂寞，留下來反而有老師陪讀，說不定我的第五名，是因為這樣「奮鬥」得來的，所以依然晚睡晚起，生活並沒什麼改變，直到有一天……。

「現在提名優良學生人選，代表本班參選本校模範生，選上了可以和市長合影留念，申請入學也會加分，但是學業成績平均要八十五分以上……，」成績要符合這高門檻，全班不會超過五個。第一輪表決我最高票，第二輪卻名落孫山，原因是有位同學提醒全班，常遲到的人如何當模範生？

事後我深自檢討，其實是咎由自取，這是縱容惡習的結果，我決定要改過——從那天起再也不遲到。日子久了我也忘記當年那件小事，作息正常卻已是習慣，不但我忘了，連同學也忘了，就在九上我當選了學校模範生，順利得到和市長合影與申請入學加分的機會，我簡直樂瘋了。

雖然這只是人生旅途的一件小事，卻讓我深深體會到習慣的重要，好習慣讓人成為天使，壞習慣卻讓人變成惡魔。所以培養良好習慣雖然是一件小事，卻可能是人生致勝的關鍵。別再說「以後」了，就改成「此刻」吧！革除陋規惡習，培養良好習慣，我們的生活一定會煥然一新、亮麗耀眼的！

（簡素蘭）

生花妙筆好輕鬆

看清題目

這個題目有兩個重點，首先要注意到題目中的「一件」兩個字。既然題目只要求寫一件事，若是寫了兩件事以上，就與題目不合，反倒是畫蛇添足。其次，題目中要求寫的是深具意義或影響深遠的「小事」，像與家人生離死別這類事件，理應歸入大事，就不宜寫入文中。

左右取材

題目中強調的是「深具意義」或「影響深遠」的小事，既然影響深遠，那麼往往就代表著影響到現在的自己。不妨從自己的個性、人生觀、做事態度等開始回想，是哪些事件造就了現在的自己呢?再從這些可能影響自己的事件中，挑出比較特別，具有代表性，而又符合「小事」定義的事件加以詳細的描寫。

老師叮嚀

文章可以從各個方面取材，但任何材料都不及自身的經驗來得真實而深刻。只是人的記憶會隨著時間而淡去，若是養成寫日記的好習慣，那麼不但可以在無形中增強自己駕馭文字的能力，也可以累積寫作時的材料。

摩拳擦掌好實力

【字形挑戰】

1. ㄧㄠˊ（　　）遠的大陸貴州省，土地向來貧ㄐㄧˊ（　　），居民的生活不是很富ㄩˋ（　　），近來又深受旱災之苦。

2. 景氣不好，工作難覓，就業ㄌㄩˋ（　　）跟著降低。即使自己有ㄐㄧㄝˊ（　　）出的才能，也很難在短時間內ㄓㄨㄢˋ（　　）取大筆金錢。

答案　1.遙、瘠、裕　2.率、傑、賺

【語詞挑戰】

接龍

・共襄盛舉

答案　共襄盛舉→舉足輕重→重責大任→任勞任怨→怨天尤人

・索取

答案　索取→取消→消滅→滅火→火災

【句子挑戰】

造句

・記得……造成

答案　記得那次颱風來襲，造成社區淹大水，連出外都寸步難行。

續句

・助人為快樂之本……

答案　助人為快樂之本，這種快樂，唯有真正行善過的人才能深深體會。

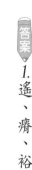

仿寫作文好範本

◎記敘文

說明

◎寫出你一次行善的來龍去脈。

◎寫出行善後的心情。

一件善事

行善對我來說，是一件遙不可及的事情，因為我是一個沒有賺錢能力的國中生，即使有心幫助別人，也是因為沒錢而心有餘力不足。更何況我每天的生活重心只有考試，根本未曾注意週遭有哪些人需要我的幫助。一直到幾年前住家因為颱風大淹水，我才發現一個不用花錢的助人方法。

記得那次淹水造成整個社區停電斷水，連對外交通都中斷，全家吃了好幾天泡麵。那天中午，我外出改買冷凍水餃，突然傳來「請來領取免費便當」的聲音，我簡直不敢相信自己的耳朵。仔細一看，原來是慈濟在發放熱便當，我當場領了三個熱騰騰的便當回家，爸爸邊吃邊說：「以後有機會我們也要幫助別人。」

我的家境並不富裕，無法用金錢幫助別人，但是我們有時間。淹水退去後，媽媽一個月兩次到醫院擔任義工；開計程車的爸爸則每月一次免費載著樓下的獨居老人，前往醫院領藥；我呢？仍舊以課業為重，能做的是就是蒐集全家的發票，投到植物人發票捐贈箱。每次投入發票後，我都感到非常快樂，所謂「快樂之權，操之在己」，一點也沒錯。最近，我搜購發票的範圍擴大到學校了，下課時我到導師室請老師們共襄盛舉，老師們都很願意「樂捐」，而且還幫我向同學們索取。現在，社區發票箱裡面，有一半以上是我的傑作。

我知道發票的中獎機率太低了，對別人的實質幫助有限，但是每一張都有我的愛心，每一張都代表著我的行善決心。我知道如果真的中了頭獎，也不會有人感謝我，這些我都無所謂，不是有人說：「行善不欲人知」嗎？作善事如過期求回報，那就不是善事了。

我原本自私自利又貧瘠的心靈，每捐過一次發票後，彷彿就成長、充實不少。「助人為快樂之本」，這種快樂，唯有真正行善過的人才能深深體會。

（施教麟）

生花妙筆好輕鬆

看清題目

「一件善事」是「我的一件善事」的縮寫，不可寫成「別人的善事」。許多同學喜歡長篇大論行善的好處，那不是重點。行善好處稍微提到後，行文重心就要回到「我」的善事。

左右取材

「幫助老人過馬路」、「搭乘公車讓座」、「施捨金錢給乞丐」等善事當然可取材，但略嫌老掉牙。若有特殊善事，則更具「吸睛」效果，如「協助老外旅遊」、「幫助鄰居老太太資源回收」、「指導小學生課業」。範文取材「發票」，貼近學生行善能力，具有說服力。

老師叮嚀

不能只是娓娓敘述行善經過，要兼具行善之後的收穫，布局才算完整。範文最後的「我原本自私自利又貧瘠的心靈，每捐過一次發票後，彷彿就成長、充實不少」就是。短短幾句交代行善後的收穫，讓文章有個漂亮的結尾。

摩拳擦掌好實力

【字形挑戰】

1. 夜市ㄏㄨㄟˋ（　　）集著各式小吃，擁擠的人潮將狹小的街道擠得水ㄒㄧㄝˋ（　　）不通，並不時有小販前來ㄉㄡ（　　）售新奇產品。

答案　匯、洩、兜

【語詞挑戰】

接龍

‧俯拾即是

答案　俯拾即是→是非分明→明目張膽→膽小如鼠→鼠目寸光

【句子挑戰】

增句

‧夏日炎炎

答案　一、夏日炎炎來一碗刨冰，涼意沁入心脾。

二、夏日炎炎來一碗刨冰，涼意沁入心脾，你，要不要也嘗一嘗？

短句合作

太短的句子有時會顯得零碎，所以請把以下文句合成一句，讓句子更加流暢。

‧來回運送都要經過這條街道。

‧這條街道是全鄉唯一的精華街市。

答案　來回運送都要經過這條全鄉唯一的精華街市。

仿寫作文好範本

說明

有人每天上班下班、上學下學，都經過同一條街道；有人異國旅遊，一生只經過那條旅遊街道一次。請你以「一條街道」為題目，寫出一篇涵蓋下列條件的文章：

◎選擇一條令你印象深刻的街道。

◎說明令你印象深刻的原因。

範文

一條街道

◎記敘文

小時後住在彰化二水鄉下，整個鄉只有一條熱鬧的小街，熱鬧的原因是家家戶戶都生了一堆小孩。這條短短不到五百公尺的小街，提供了全鄉的生活機能，舉凡服飾店、郵局、雜貨店、鄉公所、火車站等，都匯集在這窄小的街道上。

火車站前有爸爸擺設的豬肉攤，離火車站不遠的住家，則是母親的另一豬肉攤，母親除了要哄騙七個小孩外，還要留意上門的客人。有時住家生意差，母親就叫我騎腳踏車將豬肉載往生意好的父親處；有時住家生意好，我又要從火車站載回豬肉，這來回運送都要經過這條全鄉唯一的精華街市。有時我會聽到住在隔壁的歐巴桑，為了兩根蔥和菜販討價還價；「好吃的草湖芋仔冰，快來買喔！」這是阿榮伯開著發財車四處兜售所傳來的叫賣聲。偶爾，經過那家純手工麵店，可以看到大排長龍的人潮，將原本就狹窄的空間，擠得更加水洩不通。

我則鍾愛郵局旁那家黑糖刨冰店，特別是夏日炎炎來一碗蜜豆冰，涼意沁入心脾；郵局對面的二水國小是我的母校，裡面有我的歡樂童年；學校旁邊的媽祖廟廣場，是我放學後另闢的第二遊戲戰場；不遠處的小診所，更有我的出生紀錄呢！這條街道來回走一圈不用十五分鐘，它和台灣所有的鄉村一樣，都是早起的作息。每天清晨天方亮，它就人聲鼎沸了，上午不到十點就歸於平淡，「燦爛」的時光是那麼的短暫，就像我的童年一樣。

在時代潮流下，多年來的人口外流已經讓它失色不少；最近的低生育率，更是讓它雪上加霜。它是一條平凡的小街道，在台灣鄉村可謂俯拾即是。我之所以對它印象深刻，實在是「人情」之故，因為它除了見證我的成長外，更記錄著我的同學、親友、家人的一切。已經遷居大都市多年的我，每每午夜夢見逢年過節和母親在街道一隅灌賣香腸的模樣，等到夢醒時分，才驚覺母親早已離開我們了。但夢中的街景和母親慈祥的臉龐，是那麼的清晰！

你，是否也有這麼一條讓你刻骨銘心的街道呢？

（施教麟）

生花妙筆好輕鬆

看清題目

「街道」有很多景點，行文要寬，街頭街尾都要照顧到。如果只撰寫街道上的某家商店而不顧其他，那就偏題了。

左右取材

每天上下學的街道當然是寫作的好題材，這條街道可以「歡樂」為題材，也可用「悲傷」為主軸，更可用「今昔對比」來感慨人世變化的滄桑。本文取材作者故鄉的小街道，採用的正是「今昔對比」的手法，街道盛況不再，母親亦已仙逝，讓人嘆息不已。

老師叮嚀

街景描繪時，節奏要明快，可用排比句型行文，文中介紹小街景點，如「刨冰店」、「二水國小」、「媽祖廟廣場」等，都是以排比法輕輕拂過。

此外，一定要寫出對這條街道的感受，這樣，它才會有生命。否則，街道終究只是一條街道。

摩拳擦掌好實力

【字形挑戰】

1. 甫踏進學校，第一堂課的上課ㄓㄨㄥ（　　）聲隨即ㄒㄧㄤˇ（　　）起。我快步走向辦公室，拿起課本、麥克風，就精神抖ㄙㄡˇ（　　）地往班上走去。

答案 鐘、響、擻

【語詞挑戰】

配對

・詞義配對

1. 幹練　2. 不勝枚舉　3. 智慧

A. 泛指聰明才智。
B. 能幹又熟練。
C. 形容數量很多，無法一一列出來。

答案 1.(B)；2.(C)；3.(A)

添詞

・當我成為老師後，才了解當年老師對我的（　　），其中包含了多少的人生智慧。

答案 諄諄告誡

【句子挑戰】

續句

・自從我辭職考上教師之後，……

答案 自從我辭職考上教師之後，我的辦公桌變成了講桌，我的職員理所當然的也就是我的學生了。

仿寫作文好範本

說明

俗話說：「人生有夢，築夢踏實。」對於自己的未來，你是否曾有幻想？請你以「二十年後的我」為題目，寫出一篇涵蓋下列條件的文章：

◎二十年後的自己的職業、工作內容。
◎生活上的突發狀況。
◎給自己的期許。

範文

二十年後的我

◎記敘文

現在的我任職於台北市某國中，是個充滿活力的國文老師。從小，我的夢想是成為精明幹練的女強人，但陰錯陽差下，大學考上了師大國文系，從此，我的辦公桌變成了講桌，我的職員理所當然的也就是我的學生了。

甫踏進學校，第一堂課的上課鐘聲隨即響起。我快步走向辦公室，拿起課本、麥克風，就精神抖擻地往班上走去。「欸，國文課了，怎麼還沒拿出課本來？」「老師喔！你是不是走錯教室了？這一節是英文課耶？」「啊？對不起！對不起！我是來提醒你們等一下別忘了要測驗解釋，考不好的人要小心啦！」我面紅耳赤地轉身離開，身後隨即響起了一陣狂笑聲。「唉！我又出糗了！」即使我腹笥便便，授起課來滔滔不絕，但我迷糊的個性，著實也在班上鬧了不少笑話。還記得有一次在課堂上提到「柵欄（ㄌㄢˊ）」兩個字時，因為一時口快，便講成柵「狼（ㄌㄤˊ）」，後來幾天，學生看到我，不是喊老師好，反而是說「柵狼好」，真是令我又好氣又好笑！諸如此類的例子，不勝枚舉，但在無形之中也拉進了我與學生間的距離。

古語有云：「學然後知不足，教然後知困。」當我成為老師後，才了解當年老師對我的諄諄告誡，其中包含了多少的人生智慧，也才體會了身為老師需要有多大的包容心才能忍受這些「小鬼」！常言道：「教師是人類靈魂的工程師」，身為第一線教育工作者的我，又怎能不謹慎呢？

（王慈惠）

生花妙筆好輕鬆

看清題目

「二十年後的我」是假想的題目，寫作時可以參考題目給予的線索，和現在的志趣結合，先從現在的自己開始下筆，進而設想二十年後自己的職業、工作內容，或是生活中的改變，從中顯現自己對未來的期許。

左右取材

文章的內容，可以從「我未來想從事的職業」、「從事該職業面臨的挑戰」以及「該職業的生活」等面向描寫。例如：範文中選擇老師為業，便以與學生的言語、互動來深刻描摹老師的課堂生活。並引用古語云：「學然後知不足，教然後知困。」及「教師是人類靈魂的工程師」等嘉言，使文章內容更充實。

老師叮嚀

因為題目是幻想式的題材，所以寫作時須要發揮想像力，就細節處多發揮能使內容更為生動。記得要表現對未來充滿樂觀，以及積極努力的正向態度，避免選擇頹廢悲觀、不務正業的生活為題材，才能讓閱卷者有好印象喔！

摩拳擦掌好實力

【字形挑戰】

1. 夜ㄌㄢˊ（　　）人靜時，想到因母親全力的ㄌㄢˊ（　　）阻，年少時我才沒跟著迷的偶像團體練歌學舞，放棄升學，心中不禁波ㄌㄢˊ（　　）起伏。

答案　闌、攔、瀾

【語詞挑戰】

接龍

．一蹶不振

答案　一蹶不振→振振有辭→詞不達意→意有所旨

添詞

．紛紛淋成了（　　）。

答案　落湯雞

．遇到挫折時，有人一蹶不振，有人（　　）

答案　東山再起

【句子挑戰】

續句

．面對紛飛細雨時，有的人……，但也有人……

答案　面對紛飛細雨時，有的人怨聲載道，但也有人漫步雨中，享受與雨共舞的閒情。

說明

有時不期然的一陣雨，會讓街上行走的路人手忙腳亂，罵聲連連。同樣的，人生中也有許多我們無法預期的意外，當你面對這些意外時，你又會如何反應呢？請你以「人生的驟雨」為題目，寫出一篇涵蓋下列條件的文章：

◎闡述「驟雨」的意涵。

◎列舉曾遭逢挫折的名人故事。

◎闡述面對意外時，該有的反應。

範文

人生的驟雨

◎論說文

在某個炙熱的夏日午後，我和朋友相約去看電影。當公車駛進台北市區，登時，一道閃電正巧劃過天際，轟隆轟隆的雷聲伴隨著豆大的雨滴自天空傾洩而下，路上的行人閃避不及，紛紛淋成了落湯雞。公車上的乘客早已是罵聲連連，而我和好友僅能四目相覷。這時，一個童稚的聲音響起：「媽媽，下雨天把討厭的太陽公公趕跑了，天氣也就不熱了！」雖然，我並未聽見小女孩的母親說了什麼，但是這席話卻在我的心中驚起了不小的波瀾。

人生中的挫折何嘗不像夏日午後突如其來的一場雨？因為無法預測，所以常讓人措手不及。面對滂沱雨勢時，有的人選擇埋天怨地，但也有人可以漫步雨中，享受與雨共舞的閑情，就如同遭逢打擊的人們，有人可以東山再起，也有人因此一蹶不振。

西楚霸王項羽就是一個典型失敗的例子。他與劉邦競逐天下時，攻無不克，戰無不勝，好不威風。但一次的戰事失利，使得項羽被劉邦的軍隊困於垓下。此時，四方奏起了項羽家鄉的歌謠，令心高氣傲的項羽頓感無顏見江東父老，於是，「霸王別姬」、「烏江自刎」便成了數千年來最令人惋惜的憾事了。倘若，當時的項羽能夠坦然面對失敗，捲土重來，或許漢朝的皇帝就不是劉邦了。

歌德說過：「最大的困難就在於我們不去尋找困難。」因此，面對挑戰時，我們絕對不可以先舉白旗，反而要去承認困難，解決困難。如此，當雨過天晴之際，我們必會驚喜天邊那抹彩虹竟是如此的豔麗，一如戰勝挫折的人越顯堅強。

（王慈惠）

看清題目

將驟雨和人生類比，「驟雨」象徵的是人生突如其來的挫折或打擊，所以開頭可以先破題，說明「人生的驟雨」代表的意義，後文承接時，才更能彰顯主旨。

左右取材

除了自己面對挫折的反應及面對方法，亦可列舉名人遭逢挫折的例證，正面的如劉邦、國父、愛迪生等屢仆屢起，最後終於成功，蘇東坡的人生際遇也是很適合運用的寫作材料。負面的如關羽大意失荊州、西楚霸王項羽、現今社會的草莓族等，都可以做為寫作的素材。重點是說明遇到困境時，如何自處以及樂觀面對的態度。

老師叮嚀

寫作時不妨與題目的譬喻多做呼應，如驟雨象徵挫折，雨過天青象徵克服困境，雨傘象徵別人的幫助……等。記得要就心境的轉折多作描寫，才是本文的重點。

摩拳擦掌好實力

【字形挑戰】

1. 氣象局預報周末ㄧㄢˋ（　　）陽高照，結過卻下起滂沱大雨，造成道路泥ㄋㄠˋ（　　）不堪，民眾紛紛去電ㄅㄠˋ（　　）怨氣象局預報失靈。

答案 豔、濘、抱

【語詞挑戰】

接龍

・珠光寶氣

答案 珠光寶氣→氣定神閒→閒言閒語→語重心長→長篇大論

挑錯

・自從組隊參加辨論比賽後，大家的感情更融恰了。

答案 辨論→辯論　融恰→融洽

【句子挑戰】

裁句

・當他剩下僅有的唯一一百元時，他不禁抱怨懷恨起老天爺。

答案 當他剩下僅有的~~唯一~~一百元時，他不禁抱怨~~懷恨~~起老天爺。

仿寫作文好範本

說明

有人家就在學校附近，有人需要轉換交通工具才能抵達學校。不論遠近或交通工具，每個人都有自己的上學之路。請你以「上學途中」為題目，寫出一篇涵蓋下列條件的文章：

◎寫出你上學的交通工具。
◎寫出上學途中看到的事物。
◎寫出上學途中的心情。

範文

上學途中

◎記敘文

我住在大都市的郊區山上，它是一個封閉型的社區，除了班次稀疏的社區巴士外，沒有任何公車經過。為求效率和方便，家家戶戶出門都依賴轎車。

我的上學之路也一樣，每天爸爸開著轎車載送，由家門口直通校門口。路程雖然只有短短的三公里，但是正逢交通尖峰時刻，加上經過熱鬧的市中心，車陣總是大排長龍，需要耗費半小時才能抵達學校。

這三十分鐘的塞車時光，卻是我們全家交心的重要時候。每天車上的基本乘客有擔任司機的爸爸，他是一家小公司的老闆。坐在司機旁邊的是打扮得珠光寶氣的媽媽，她是一位銀行的協理。還有留著長頭髮，戴著耳環，常被爸媽指責不男不女的哥哥，他非常討厭唸書，目前在一家私立高中鬼混。加上我這位國三的千金大小姐，組合了轎車聊天室。

冬天寒風刺骨，夏天暑氣逼人，雨天泥濘不堪，晴天豔陽高照，在冷氣轎車裡，完全感受不到車外環境的惡劣，因為我們正忙於「大辯論」。爸爸最喜歡發表他的政治高論；媽媽抱怨著景氣不好，害她業績下滑；哥哥對牛郎追求富婆的流行話題興致勃勃；我則對藝人施打「玻尿酸」美容感到很新鮮。每個話題都引起激烈的辯論，這時，我總會想到國文課本「孔子的人格」一文，其中有句「盍各言爾志？」呵！在我上學途中，我們每天都講出了「志向」。

這就是我每天上學途中固定發生的事情，我很珍惜這段家人共聚的時光。有人說：「溝通來自分享。」是的，它讓家人的感情更融洽了。所以囉！我希望交通再亂一點，讓我們家人有更多的相處時光。

（施教麟）

生花妙筆好輕鬆

看清題目

如果只是描述「上學途中」的「所見所聞」，那不過客觀報導而已。寫出這些「所見所聞」對你的影響，或是你如何利用「上學途中」成長，才能提升文章格局。

左右取材

本文以「人」取材，藉由車上人物談話，寫出上學途中的溫馨；若是以「事」取材，可取路旁清潔人員的工作；以「物」入材，則可藉由「紅綠燈」道出「一日之所需，百工斯為備」的道理。只要有感情，這些都是好素材。

老師叮嚀

可採「今昔對比」手法描述上學途中景物的變化，藉此抒發情感。本文則採用「多人一景」寫法，展現家人共聚上學途中的車內談話。無論哪一種手法，最後都要呼應題目「上學途中」。

摩拳擦掌好實力

【字形挑戰】

1. 莊園裡種了一株株龍眼樹，ㄌㄟˇㄌㄟˇ（　　）的果實，令人垂ㄒㄧㄢˊ（　　）欲滴，好想ㄓㄞ（　　）下來，大ㄎㄨㄞˋ（　　）朵ㄧˊ（　　）。

答案 纍纍、涎、摘、快、頤

【語詞挑戰】

接龍

・感慨萬千

答案 感慨萬千→千言萬語→語重心長→長篇大論→論功行賞

【句子挑戰】

造句

・走在……渾然

答案 走在森林步道中，感覺與大自然渾然一體，平日的壓力頓時完全消除。

續句

・他原本自恃甚高，可是……

答案 他原本自恃甚高，可是進入高中後，才發現能力比他好的人比比皆是，於是他開始學著謙虛待人。

仿寫作文好範本

說明

從小我們都喜歡聽故事，因為可以從故事裡的人物，所發生的事件當中，學到受用無窮的智慧與哲理。請你以「小故事大啟發」為題目，寫出一篇涵蓋下列條件的文章：

◎具備振奮人心、鼓舞性質的故事。
◎簡述短篇故事的重要內容。
◎說明故事對我們的啟發。

範文

小故事大啟發

◎論說文

西方有一則故事，內容是這麼描述的：一棵無花果樹枝頭掛滿了青青的果子。一棵大樹擋住了它的陽光，無花果樹發現，遮擋陽光的樹上，一個果子也沒有。「你是誰？敢把我的陽光奪走！」那樹回答：「我是一棵老榆樹啊！」無花果樹說：「你連一個青果子都不會結，你站在我的面前不感到害羞嗎？你等著瞧吧，我的青果子成熟以後，有你好瞧的！我的孩子們，每一個都會變成一棵大樹，組成一片茂密的森林，把你團團圍住！」

無花果一天一天的成熟了，不久，一隊士兵從這兒路過，發現了果實纍纍的無花果樹，立刻爬上去摘果子，樹枝被踩斷了，樹葉被弄掉了，所有的無花果一個也不剩。老榆樹感慨萬千的對無花果樹說：「啊！無花果樹呀，如果你不曾結果，也不會變成今天這副可憐的模樣啊！」

這篇雖然是西方的故事，卻和中國的莊子哲學相似。許多人的處世態度猶如這棵無花果樹，自恃甚高，卻渾然不知自身的危機。這讓我想起莊子的「無用之用」的觀點。世人總以為：「枝頭掛滿了果實纍纍的無花果樹才是美麗的、有用的，而不會結青果子的榆樹是醜陋的、無用的。」事實上，故事結局並非如此。無花果樹僅剩斷枝殘葉和光禿的樹幹，而老榆樹卻因不會結子，幸運的逃過一劫……。

人生不也是如此嗎？自以為是的解讀自我，看待別人；膨脹自己，糟蹋別人，結果呢？都是錯誤……。我們應該學習逆向去看待事情，時時存有「危機意識」，才能趨吉避凶，不要只看光鮮亮麗的外衣和表相而已。因為光鮮亮麗的外衣和表相，反而是惹禍上身的主因。這就是莊子哲學中「有用無用」的觀點。

儒家說：「反求諸己」，意思是發生事情時，要反過來自我檢討，而非指責他人，如此才能趨吉避凶。這是我從這篇小故事中得到的大啟發，在此與大家分享。

（戴淑敏）

生花妙筆好輕鬆

看清題目

「小故事」可以是篇幅短小的故事，也可以是在別人眼中微不足道的故事。既然是故事，就必須包含背景、人物及事件等要素。具體來說，背景指的是故事發生的原因或環境。人物指的是故事的主角，也可以是擬人化的動植物角色等。此外，事件的前因後果及過程雖然不可以省略，但是可以視主題而有所偏重。

左右取材

題材的選擇可以是古今中外為人所熟知的歷史事件，或是自身周遭發生的小事件，甚至是自己杜撰虛構的事件。無論選擇何種題材，都必須交代清楚，如此才能充分表現出自己講述故事的功力，千萬不要寫「這個故事大家都很熟悉，所以我就不多說了」這類的話。

老師叮嚀

在寫「小故事大啟發」這類題目時，最好能夠表現出自己的創意。例如：寫「龜兔賽跑」的故事，啟發是「勤能補拙」，那就落於俗套了。若無法寫出精闢的道理，不妨改編原有的故事，也會得到出乎意外的效果。

摩拳擦掌好實力

【字形挑戰】

1. ㄗㄠˋ（　　）熱的天氣，常讓人心情浮ㄗㄠˋ（　　），這時，不妨沖個涼水ㄗㄠˇ（　　），讓身心都清涼一下。

答案 燥、躁、澡

【語詞挑戰】

配對
・同義詞配對

1.鋒利　2.搏鬥　3.蛻變

A尖銳　B蛻化　C奮戰

答案 1.(A)；2.(C)；3.(B)

【句子挑戰】

裁句
・當小鳥兒在學習會展翅飛翔前，一定必須先學會忍受墜落掉下地面的疼痛。

答案 當小鳥兒在學習會展翅飛翔前，一定必須先學會忍受墜落掉下地面的疼痛。

續句
・生病的他並未因此自暴自棄，反而……

答案 生病的他並未因此自暴自棄，反而努力和病魔搏鬥，並寫下了一首首動人的詩篇。

仿寫作文好範本

說明

俗話說：「人生不如意者，十常八九。」隨著年齡的成長，失敗與挫折的頻率也不斷增加。當行事不順利或遇到困難時，有人積極面對，想法解決；有人則消極逃避不處理。至於你的看法是如何呢？請你以「不信贏不了」為題目，寫一篇涵蓋下列條件的文章：

◎說明面對挫折失敗時的情況。
◎提出處理的方法或原則
◎請舉實例說明。

範文

不信贏不了

◎論說文

鳥兒在學會飛翔前，必須要先學會忍受墜落地面的疼痛；毛蟲在蛻變為彩蝶前，也必須忍受破繭而出的痛楚；一塊鐵若不經過反覆的搥打，則顯不出它的鋒利；一個人若沒有經過困苦的磨練，當然也就顯不出他的光彩。困境時常會是我們跟前的絆腳石；但只要能善用它來砥礪自己，就會發現它其實是我們最好的墊腳石。

你聽過周大觀小朋友的故事吧！他小小年紀就罹患不治之症，但他並未因此自暴自棄，反而努力和病魔搏鬥，並用他的生命寫下了一首首動人的詩篇。正如羅曼羅蘭所說：「生命像一股激流，沒有岩石和暗礁，就激不起美麗的浪花。」

再來說說楚漢相爭的故事，你曾想過項羽為什麼自刎嗎？那是因為劉邦認清項羽剛愎難屈的個性，在他兵敗退烏江時，劉邦全軍唱起了楚歌，讓他因懷鄉而喪志，以愧見江東父老為由，於是引劍自殺了！項羽所以失敗，其實是他無法面對困頓，且缺少一份相信能反敗為勝的心吧！一個人要能夠接受失敗，並利用喘息之餘，思考如何站起來！

有人說：「不信贏不了，就是不服氣嘛！」不錯，但同樣是「不服氣」，有人沉著以對；有人則急躁憤慨。急躁只會讓自己陷入更深的泥沼；冷靜思考並積極面對卻會帶來無限機會和可能的勝利！如何選擇就看你自己了！

（姚舜時）

看清題目

本題名為「不信贏不了」，題目有兩個「不」字，屬雙重否定，真正的意義即是「相信能贏」。而「不信」點明了題目設定的處境是逆境，所以要依題目給的條件說明「面對挫折失敗時的情況」、「提出處理的方法或原則」及「舉實例說明」。

左右取材

至於取材的部分，可以引用一些愈挫愈勇的例子，如周大觀不自暴自棄，斷了一隻腳仍勇敢寫下感動人心的詩篇。除了類似的正面例證或勵志名言，亦可舉反面的例子，如項羽因缺乏反敗為勝的鬥志，所以失去了東山再起的機會。

老師叮嚀

除了闡述義理，文中不妨舉例為證。舉例的好處是能使文章生動，增強說服力，不過舉例後要記得加上說明，並且取材適切，才能使文章更加出色。

摩拳擦掌好實力

【字形挑戰】

1. 他穿著破ㄙㄨㄟˋ（　　）的衣服在公園遊蕩，警方一度以為他是居無定所的乞ㄍㄞˋ（　　）。

2. 她根深ㄉㄧˇ（　　）固的認為名牌第一，即使皮包有著明顯的瑕ㄘ（　　）也無所謂。

答案　1. 碎、丐　2. 蒂、疵

【語詞挑戰】

挑錯
・由於自卑感作崇，他一昧退讓，深怕壞了大事。

答案　作崇→作祟　一昧→一味

【句子挑戰】

裁句
・我總是一直無法靜下心看書，這是我最大的缺點和毛病。

答案　我總是~~一直~~無法靜下心看書，這是我最大的~~缺點和~~毛病。

續句
・讀書是人生的一部分……

答案　讀書是人生的一部分，其實，還有很多比讀書更重要的事，例如：健康、友情、一技之長等等。

仿寫作文好範本

說明

有人說：「學生的責任就是把書唸好。」讀書似乎成了學生唯一且最重要的事情，然而，比讀書更重要的事情太多了。請你以「比讀書更重要的事」為題目，寫出一篇涵蓋下列條件的文章：

◎寫出你對讀書的看法。

◎寫出你心目中比讀書更重要的事，並說明原因。

範文

比讀書更重要的事

◎論說文

古時候認為「萬般皆下品，唯有讀書高」，現在民智大開，人們有了新的多元價值觀念，還有這種根深蒂固想法的人越來越少了。讀書不過是人生的一部分，實際上，還有很多比讀書更重要的事呢！

對乞丐來說，最重要事情是求得眼前的溫飽；對病人來說，健康最是珍貴無比；

對老人家來說，有什麼比時間更重要；對商人來說，賺大錢是唯一的目的；對我這個國中生來說，有三件事情遠比讀書重要多了。

從我有記憶以來，父母就爭吵不斷。國小時父母離異了，我和擔任公車司機的爸爸相依為命。最先媽媽月初固定來看我一次，等到媽媽再嫁後，我就很少看到她了。爸爸只是一味花錢讓我上補習班，要求我認真唸書，唉！我需要的是媽媽，「親情」對我來說，就遠比讀書重要。

由於自卑感作祟，我不敢讓同學知道我有一個破碎的家庭，怕他們會瞧不起我，所以我總是表現出高傲冷漠的一面保護自己，這大概就是所謂的「極度的自卑造成極度的自傲」吧！漸漸地我成了班上的獨行俠，失去了朋友的關愛，我根本無法靜下心來唸書。所以「友情」對我來說，也比讀書重要。

我不是一塊唸書的料子，但我不敢否定讀書的重要。「行行出狀元」，我未來打算當一位西餐廚師，對我來說，第三件比讀書更重要的事，就是習得一技之長，它讓我有謀生的能力。

報紙上不時有高知識份子遺棄雙親的報導，甚至還有博士利用知識為非作歹，這些人當初認為讀書第一，不知人間還有什麼比讀書更重要，結果人品有了嚴重的瑕疵。依我看來，目前社會上比讀書重要的事甚多，當務之急首推「道德」。

我們何妨放下書本想一想，除了讀書外，是不是還有更重要的事呢？

（施教麟）

看清題目

提及「讀書的好處」要適可而止，如果長篇大論讀書的好處，那就偏題了。重點在寫出自己認為比讀書更重要的事，而且此事要明確，並說明理由。

左右取材

取材時可以專論一個主題，如以「健康」貫穿全文；也可以多個主題並列敘述，如本文論及「親情」、「友情」，「一技之長」三件重要事。只要再舉例論證，讀者就會折服。

老師叮嚀

要提升「比讀書更重要的事」一文的層次，所選之事就不要停留在物質享受的「財富」、「飲食」等。如果能超脫物質，轉入心靈，寫出「誠實」、「守法」、「守時」等品德問題，文章會很有深度。

摩拳擦掌好實力

【字形挑戰】

1. 公司同ㄌㄧㄠˊ（　　）一起登山，ㄌㄧㄠˊ（　　）亮的歌聲在山巒間ㄌㄧㄠˊ（　　）繞不絕。

答案　僚、嘹、繚

【語詞挑戰】

接龍　‧怵目驚心

答案　怵目驚心→心曠神怡→怡情養性→性命交關

【句子挑戰】

續句　‧不能及時把握時間的人，未來……

答案　不能及時把握時間的人，未來只能有「少壯不努力，老大徒傷悲」的感嘆。

裁句　‧我感激涕零水，所有全部生命之母，不管人類世人對她如何盡可能的破壞與汙染，她總無怨無悔的包容忍耐。

答案　我感激~~涕零~~水，所有~~全部~~生命之母，不管人類~~世人~~對她如何~~盡可能~~的破壞與汙染，她總無怨無悔的包容~~忍耐~~。

仿寫作文好範本

說明

水不只是生命三元素之一，更供應我們日常生活所需，一天沒有水生活就會感到十分不便。水，讓你產生什麼聯想？請你以「水的聯想」為題目，寫出一篇涵蓋下列條件的文章：

◎寫出水的各種樣貌與功能。

◎寫出對水的各種情感或體會。

◎寫出保護水資源的自我期許。

範文

水的聯想

◎記敘文

「曾經滄海難為水，除卻巫山不是雲」，不管是滄海之水或巫山之雲，都是來自美麗的水分子；「仁者樂山，智者樂水」，水是智慧的象徵；「江河不擇細流，所以成其大」，水給人包容的感覺。水，集合了美麗、智慧、包容於一身，但「水能載舟亦能覆舟」，豪雨、山洪、土石流、海嘯都為人類帶來不小災害。

我喜歡水，喜歡她的瀟灑不拘形態。冰原狂飆馳騁，是競速之美；輕盈飄落的雪花，是剔透之美；激起半天浪花的錢塘海潮，是雄壯之美；漾起圈圈漣漪的湖面，是娟秀之美；山腰雲煙繚繞，是朦朧之美；滿天詭譎烏雲，是神祕之美。

奔流不返的水是流逝的光陰，孔子有「逝者如斯，不捨晝夜」的感慨，羅貫中亦有「滾滾長江東逝水，浪花滔盡英雄」的無奈，「盛年不重來，一日難再晨。」不能及時把握時間的人，未來只有與悔恨為伴。

我感謝水，所有生命之母，不管人類對她如何的破壞與汙染，她總無怨無悔的包容，直到乾涸死亡；水，讓我想起母親，不管我多麼的無理取鬧，她總是沒有理由的包容我一切情緒。

我敬畏水感謝水，而且喜歡水親近水保護水，就像小時候喜歡躺在媽媽懷裡，長大想盡一切保護她一樣。水，萬物之母，包容人類一切的胡作非為，盡力滿足人類無止境的慾望，直到她再也包容不了承受不了才撒手人寰，失去母親照顧的人類，不止土石流與汙染快速威脅生命，地表乾涸荒漠化的現象，更是每年以消失好幾個台灣的速度在進行，真是令人怵目驚心。

別再當不肖子孫吧！讓我們珍惜水愛護水，就如同愛護珍惜自己的母親一樣。

（簡素蘭）

生花妙筆好輕鬆

看清題目

以「聯想」為題，內容可以天馬行空，只要可以與水的特性呼應即可。下筆時不妨先概述水的樣貌及特性，再分述其引起的情感聯想或體會，文末再以保護水資源的期許做結。

左右取材

古人以水為喻的名言極多，寫作時不妨就文章的重點加以取捨，如「江河不擇細流，所以成其大」是以水喻雅量；「逝者如斯，不捨晝夜」是以水言流逝的時間，這些是與水相關的正面特性。至於山洪、土石流、海嘯……等所引起的自然災害，則是負面的水的特性。文中可就聯想到的水特性擇取適當的文材應用。

老師叮嚀

全文的「聯想」都是從作者出發，所以內容除了引用之外，要記得加入自己的感受與體會，才能完整掌握題旨。

摩拳擦掌好實力

【字形挑戰】

1. 父親那雙粗糙的手除了會細心的為我ㄒㄩㄝ（　　）鉛筆，還會煮碗熱騰騰的麵當ㄒㄧㄠ（　　）夜，讓通ㄒㄧㄠ（　　）趕報告的我精神百倍。

答案 削、消、宵

【語詞挑戰】

注音

1.「栩栩」（　　）如生的蚱蜢

2. 小販「削」（　　）水果

3. 匀「稱」（　　）的身材

答案 1. ㄒㄩˇㄒㄩˇ　2. ㄒㄧㄠ　3. ㄔㄥˋ

添詞

・師父巧手編織了一隻（　　）的蚱蜢，只花了三分鐘的時間。

答案 栩栩如生

【句子挑戰】

造句

・溫暖

答案 父親的手，是我最溫暖的守護。

續句

・握住父親的手，似乎就握住……

答案 握住父親的手，似乎就握住無憂無慮的童年時光。

仿寫作文好範本

說明

回想父親的手，也許粗糙，也許黝黑，其實都是對子女付出所遺留下來的烙印。

請你以「父親的手」為題目，寫出一篇涵蓋下列條件的文章：

◎描繪父親的手。
◎父親曾為你做過什麼讓你難忘的事？
◎敘述父親的辛勞。
◎寫出心中的感激之情

範文

父親的手

◎抒情文

父親有一雙粗粗短短的手，手上長著密密的毛，沒有細長的手指頭，沒有修剪精緻的指甲，父親的手非常粗糙。

我小的時候，父親用他笨拙的手指幫我編織青草蚱蜢，那一隻隻栩栩如生的蚱蜢，讓我的童年增添色彩；我上小學後，父親用他粗粗的手指，為我削鉛筆，他每天晚上為我削一整盒細長筆尖的鉛筆，讓我第二天上學不擔心鉛筆寫斷了不夠用；我讀國中時，父親用他粗壯的雙手，每天傍晚為我煮一碗熱騰騰的麻油麵線，讓我讀書時充滿活力；當我考上明星高中，父親用他粗糙的雙手，陪我到學校選購制服。

那一年，寒冷的冬天，父親住院，他的手腳皮膚既粗糙又乾裂。正在學校上課的我，放學後，就到醫院陪他，一邊用乳液為他擦拭雙手雙腳，一邊陪他說話聊天，乾燥的皮膚將乳液完全吸收，在我們一陣對話後，父親的心也隨即將父女之間的溫情完全吸收。那一段時間，我總覺得，握住父親的手，似乎就握住了無可取代的親情；撫摸父親的手，似乎就像親撫我流逝了的童年歲月。

我曾納悶：父親沒有像別人一樣細長美麗的手，他的心中是否有些許的惆悵？是否有難免的遺憾？我低頭審視自己的手，發現我遺傳了父親的手，沒有勻稱的線條，沒有外型優美的指甲，沒有纖纖十指，我的內心有一種難掩的失落，我羨慕同學的玉手，對於自己的手，總是自慚形穢，毫無信心。直到長大，我才豁然開朗，不論父親的手是美是醜，他代表的愛完全相同。我的手全然複製父親的手，我在自己身上看見父親。

父親的手，是我最溫暖的守護。父親的手，清晰的留在我的心中。

（張月娟）

生花妙筆好輕鬆

以父親為題，文章是典型的抒情文，朱自清的〈背影〉就是其中的名篇。朱自清的〈背影〉以「背影」當作父愛的象徵，本文同樣的是以「手」作為父愛的象徵，所以構思時，應先掌握手象徵的意涵，例如：「勞苦」、「慈愛」、「關心」等。

左右取材

文中不妨先描繪父親的手，再舉例敘述父親曾為你做過什麼讓你難忘的事，例如削鉛筆、煮一碗熱騰騰的麻油麵線……，寫出父親的辛勞，進而帶出心中的感激之情。範文中寫出一開始對自己與父親的手形似而不滿，至理解不論父親的手美或醜，代表的愛完全相同，可見對父愛的心情轉折，也是另人耳目一新的角度。

老師叮嚀

描繪親情要能夠打動讀者，必須事件具體，情感含蓄。除了具體描繪父親的手，記得要強調「手」象徵的抽象父愛，才能深刻打動讀者。

摩拳擦掌好實力

【字形挑戰】

1. 在霧氣迷ㄇㄥˊ（　　）的早上，他才值ㄇㄥˊ（　　）懂的年紀，就被兩位ㄇㄥˊ（　　）面的歹徒綁架了。

答案　濛、懵、蒙

【語詞挑戰】

注音
1.長輩的「庇」（　　）護
2.承「擔」（　　）責任

答案　1.ㄅㄧˋ　2.ㄉㄢ

添詞
・我們應該（　　）母親的辛勞，感念父母的（　　）養育之恩。

答案　緬懷、栽培

【句子挑戰】

裁句
・生日代表壽星又多長大了一歲，漸漸、逐漸的脫離幼時的稚嫩，未來將變得更成熟、懂事，同時，也要負更大、更多的責任。

答案　生日代表壽星又多長大了一歲，漸漸、逐漸的脫離幼時的稚嫩，未來將變得更成熟、懂事，同時，也要負更大的責任。

仿寫作文好範本

說明

生日是值得慶祝的事！在生日的前一天，是否興奮難耐呢？有哪些想法或期待呢？請你以「生日前一天」為題目，寫出一篇涵蓋下列條件的文章：

◎生日前一天的期許。

◎生日前一天，你會作些什麼事？

◎哪一個生日前一天讓你印象深刻？

◎你對生日的解讀。

範文

生日前一天

◎記敘文

從上個月開始，貼在牆上的日曆已經不知道被我翻了多少次，我倒數著：三十、二十九、二十八……三、二、一，今天是我生日的前一天。每年到了這個時候，我總是坐立難安。心裡想著，今年的我，是否有進步？父母對我的表現，是否感到放心？就這樣，帶著滿心的期待和天馬行空的想法，終於進入夢鄉。

生日這一天，人們總會送禮物給壽星，並且大肆慶祝一番。其實，生日並不是為了簡單的送禮、唱歌、玩樂，生日有其特殊意涵。生日代表壽星又長大了一歲，漸漸的脫離幼時的稚嫩，將變得更成熟、懂事，同時，也要負更大、更多的責任。童年時期，我們有父母長輩的庇護，天天無憂無慮；青少年時，雖然要學習為自己的課業和行為負責，但多數的責任，還是由父母為我們承擔；成年後，可就不同了，連法律都規定成年人要為自己的行為負完全的責任，不能再依賴旁人了。從小時候的懵懂，到長大後為自己的一言一行負責，這樣的成長，才是我們該感到高興而慶祝的啊！

生日這一天，是身為母親的人最苦難的日子，母親經歷千辛萬苦懷胎，冒著生命危險生產，這是多麼偉大啊！生日的前一天，我們應該緬懷母親的辛勞，感念父母的栽培養育之恩。古人說：「大孝尊親，其次不辱，其下能養。」告訴我們要以自己的卓越行為顯揚父母、不能讓自己的錯誤舉止使父母蒙羞，當然，一定要能恭恭敬敬的奉養父母。

生日前一天，總讓我在期待中度過，但是也讓我利用這個機會，作更深的思考：這一年，我是否作了正確的事？是否說了適當的話？是否孝順父母？是否友愛兄弟？是否認真的完成自己的學業？是否遵從師長的教誨？是否成長懂事？是否能幫助別人？生日前一天，我輾轉反側，充滿期許。

（張月娟）

生花妙筆好輕鬆

看清題目

以特殊日子的記憶命題，本文為記敘文，題目的「前」字實屬關鍵。手段宜明確點題，寫出自己在「生日前一天」對生日的期許及準備。

左右取材

另外，生日除了慶祝之外，也是母親的苦難日，所以文中應就生日的意義作一番解讀，可以引用名言如「大孝尊親，其次不辱，其下能養。」感念母恩，並強調生命誕生的喜悅及孝親之意。若能敘述某一個印象深刻的「生日前一天」，內容會更加生動。

老師叮嚀

因為題目是「生日前一天」，所以千萬不要寫成「慶祝生日」。而是應該著眼於生日前一天的感受，包括心中的期許和感念，內容才不會離題。

摩拳擦掌好實力

【字形挑戰】

1. 她因為跌到骨折，腳ㄏㄨㄞˊ（　　）受傷。只要不小心碰觸，他就會痛徹心ㄈㄟˋ（　　）。

2. 看到血就會昏ㄐㄩㄝˊ（　　），以這樣的理由逃避責任，我實在難以啟ㄔˇ（　　）。

答案　1. 踝、扉　2. 厥、齒

【語詞挑戰】

挑錯

・疾病雖然催殘著我的身體，卻讓我的心靈成熱不少。

答案　催殘→摧殘　成熱→成熟

添詞

・（　　）的生活。

答案　忙碌（緊張、悠閒）

【句子挑戰】

增句

・在生病期間，我反而有更多的時間。

答案　大家都認為生病期間最是無聊，而我卻因禍得福，有了更多的思考時間。

仿句

・病痛的折磨，反而讓我的人格更加成熟。

答案　落榜的沮喪，反而讓我的心智愈發成熟。

仿寫作文好範本

說明

俗語說：「英雄最怕病來磨。」人吃五穀雜糧，難免會生病。生病期間，每個人的感受不同。請你以「生病記」為題目，寫出一篇涵蓋下列條件的文章：

◎寫出這場疾病的名稱和症狀。

◎描述生病期間的心情和病後的人生觀。

範文

生病記

◎記敘文

天啊！我才國中生怎麼會得到這種病，連向學校請假都羞於啟齒。

那天週末參加同學聚餐，吃完火鍋後回到家，就感覺右腳踝關節有點痛和紅腫，但是我不以為意。隔天又和全家到基隆吃海鮮，回家時媽媽說：「你走路怎麼怪怪的？」「腳有點痛啦！」我根本不把它當一回事，也不肯去就醫。

哪知半夜睡覺時，突然右腳踝關節發出「咻」驚天動地的一聲。「哎喲！」我喊道起來。媽媽急忙過來，打開電燈一看，天啊！怎麼右腳踝會紅腫成這樣子？在趕往醫院急診的車上，爸爸說：「很像痛風。」到了醫院，醫生診斷後問我們：「家族長輩有痛風的紀錄嗎？這應該是遺傳。」一問之下，我才知道我有「雙重保障」，外公和爺爺都為痛風所苦，但他們是老人，我是青少年啊！

星期一我向學校請假，一個人在家靜養。下午，我上網查詢「痛風」相關資料，「又叫富貴病」、「普林過高」、「忌口豆類、酒、肉」、「睡眠要充足」、「多喝水」，看到「肥胖中年人容易得病」時，我幾乎昏厥。傍晚腳踝突然又「咻」一聲，我痛徹心扉的尖叫起來。想到廁所「洩洪」一下，短短五公尺竟然爬行了十五分鐘。我聽到媽媽下班開門的聲音，就呻吟的更大聲，以紓解今天的鬱悶和博取媽媽的同情。久病成良醫，現在我可是痛風達人了。每次親朋好友聚會，我們痛風一族就會另闢戰場，話匣子一打開就是「痛風經」。

現在，只要我稍微飲食不注意或睡眠不足，它就會再度纏上我。每次發作時，我緊張忙碌的生活步調就會停些下來，在這靜養期間讓我有更多的思考時間，人生比喻書重要的事情太多了，諸如「健康」、「孝順」、「惜福」等。這樣看來，每回的「痛風」雖然摧殘我的身體，卻讓我的心靈、人格成熟不少啊！

（施教麟）

看清題目

寫出「一場疾病」的發作經過，末段再寫些心得，如「健康的重要」即可。「一場疾病」是主，「健康的重要」是客，分量比例約七分和三分，不可反客為主。

左右取材

小如感冒、牙痛，大至心臟病、糖尿病，都是很好的取材。若是攸關生命之重大疾病，則更有震撼性。由生病引發的「住院」、「針藥」、「行動自由」、或麻煩家人都可寫入。

老師叮嚀

末段要提及在這場疾病中，自己有何覺悟？人生觀有何改變？才是一篇有敘有論的好文章。本文末段提及「人生比唸書重要的事情太多了」、「讓我的心靈、人格成熟不少」就是。

摩拳擦掌好實力

【字形挑戰】

1. 我們登上玉山，如願以ㄔㄤˊ（　　）的俯ㄎㄢˋ（　　）美麗大地。ㄨㄢ ㄧㄢˊ（　　）的河川、ㄅㄧˋ（　　）綠的林木、星羅ㄑㄧˊ（　　）布的房舍盡入眼ㄌㄧㄢˊ（　　）。

答案　償、瞰、蜿蜒、碧、棋、簾

【語詞挑戰】

配對

• 詞義配對

1. 稱心如意　2. 望而生畏　3. 峰迴路轉

A. 完全合乎心意。

B. 事情有了轉變的機會。

C. 看了讓人感到害怕。

答案　1.(A)；2.(C)；3.(B)

【句子挑戰】

仿句

• 我們若自比為大樹，別人必抬頭仰望；若自比為小草，別人必將踐踏。

答案　我們若自比為黃金，別人只會將我們束之高閣；若自比為米飯，別人則會將我們視為必需品。

• 成長的過程難免遭遇痛苦與煎熬。

答案　學習的過程難免遭遇挫折與困惑。

仿寫作文好範本

說明

成長，令人喜悅！然而天地萬物的成長，免不了遭受風霜雨雪的侵襲，必須歷經脫胎換骨的過程，方能感受成長的喜悅。請你以「成長的喜悅」為題目，寫出一篇涵蓋下列條件的文章：

◎說明成長過程可能的經歷、心情、改變。
◎抒發成長所帶給你的體悟。
◎舉例說明成長是令人喜悅的。

範文

成長的喜悅

◎抒情文

成長是喜悅的！因為成長，我們擁有更多的空間可以獨立自主、實現夢想；因為成長，小女孩能像美人魚十五歲生日時，如願以償一窺美麗的大地、小男孩脫去一臉的稚嫩無知而能頂天立地；因為成長，我們更加成熟穩重，懂得關懷、體諒他人、回饋社會。

成長的過程難免遭遇痛苦與煎熬，但黑夜無論再悠長，白晝總會到來。蔣經國先生曾經說過：「最猛的風浪，沉溺不了一個有信心的人；最壞的環境，困擾不了一個有抱負的人；最狠的敵人，打敗不了一個有決心的人。」事在人為、人定勝天，我們若自比為大樹，別人必抬頭仰望；若自比為小草，別人必將踐踏。以不屈不撓的意志面對成長的挑戰，學習蚌殼為了抗拒砂石成為耀眼珍珠的精神，即使過程有著驚濤駭浪，還有狂風暴雨不時肆虐，我們依然能「風雨生信心」，掌握雙舵、面對困境、樂觀進取，最後定能揚起勝利大帆，駛向勝利的彼岸。

醜陋多刺、令人望而生畏的毛毛蟲，歷經蛹脫去軀殼的掙扎，蛻變成斑斕絢麗的花蝴蝶，翱翔天際；築巢於危崖峭壁，頂著強勁風勢、冒著猛烈氣流的兀鷹，克服艱難險阻，磨練雙翅，飛得更快、更高、更遠；鼓起勇氣，明知水勢湍急，仍奮力而上的鯉魚，終將「鯉躍龍門」。為了成長，火石必須歷經敲打錘鍊，才能迸出美麗的火花；玉石必須經過細心雕琢，才能成就精緻的玉器。成長的喜悅，如同蝴蝶的蛻變、兀鷹展翅高飛、鯉魚之躍龍門，充滿艱辛、痛苦，卻創造了生命的價值，成長是喜悅的！

成長像一首膾炙人口的交響樂，有時低沉抑鬱如沉睡的大地、有時高亢激昂如澎湃的大海，在時而迂迴曲折、時而峰迴路轉的旋律中，勇敢的挺受音階的滑降，迎接下一次的音符躍起，體悟「如魚得水，如鳥翔空」般成長的喜悅！

（陳淑慧）

看清題目

題目為「成長的喜悅」，須知「成長」必是正面的，才會令人感到喜悅，假如取材時寫的是皺紋的成長等等，那就離題了。成長不一定只會帶來喜悅，如身體的成長會帶來喜悅，有時也會帶來不安，寫作時雖然可以寫入文章，但要特別留意比重，不可兩者並重，更不可喧賓奪主。依據題目說明中的「成長過程可能的經歷、心情、改變」，可以判斷此處所強調的「成長」應是指「身體的成長」為主。

左右取材

「身體的成長」不限於自身，也可以指大自然萬物的成長。許多人小時候有養蠶的經驗，蠶由蛹到成蛾，符合題目「脫胎換骨」的主題。也有一些人養植物，植物長到開花結果，也符合題目「脫胎換骨」的主題。若是一般寵物的養育經驗，其實也可以寫入文中，但要強調「轉變」這個主題。

老師叮嚀

鍾理和寫過一篇小說〈草坡上〉。小說中寫到家人細心呵護失去母雞的小雞，等到小雞的全身換上美麗的新羽毛，全家人因而感到喜悅。這類的題材也可以引用入文。

摩拳擦掌好實力

【字形挑戰】

1. 經過處理的麵粉經過ㄆㄛˋㄒㄧㄠˋ（　　）後，就ㄆㄥˊ（　　）脹為美味可口的麵包了。

答案 醱酵、膨

【語詞挑戰】

填詞

・（　　）自喜的人，注定會失敗。

答案 沾沾

【句子挑戰】

造句

・相信……一種

答案 相信自己，是一種捨我其誰的霸氣。

・有時……可以

答案 有時自信像是一把雙刃劍，可以幫助我們取得勝利，也可能阻礙我們前進。

長句分工

太長的句子容易使人抓不住重點，請把以下文句拆成兩句，讓它的意旨更加清楚。

・哥倫布在遭遇驚濤駭浪的發現新大陸旅程中堅持到最後一刻終於獲致成功。

答案 哥倫布在發現新大陸旅程中遭遇驚濤駭浪。他仍然堅持到最後一刻，終於獲致成功。

仿寫作文好範本

說明

信心是跨出成功的第一步，擁有自信的人，在面對困難時更能無所畏懼，欣然接受挑戰；但若過於自信，也可能輕忽情勢，而馬失前蹄。請你以「自信與自大」為題目，寫出一篇涵蓋下列條件的文章：

◎文中須舉出有關主旨的事例或個人經驗。

◎舉例後須論述個人看法。

範文

自信與自大

◎論說文

自信是一種能量，就像是做事的發酵劑，勇氣的發動機，擁有自信的人能煥發一股與眾不同的特殊魅力。而自大則像是過度膨脹的氣球，隨時都可能有爆破的危機。

相信自己，是一種捨我其誰的霸氣，「舜何人也？禹何人也？有為者亦若是。」

一個人想要有所作為，創造不平凡的自我，最重要的就是自信。有了信心能帶來莫大的勇氣，愈挫愈勇，即使在困境中也能化險為夷，絕處逢生。哥倫布航行於茫無天際的大海中，當所有的船員都已絕望，他仍然堅信自己的判斷，信心、勇氣再加上堅持，才能完成發現新大陸的壯舉。

相反的，若對自己缺乏信心，遇事裹足不前，失去展現自己潛能的良機，也注定失去生命中的種種精彩與美麗。

不過，有時自信像是一把雙刃劍，可以幫助我們取得勝利，也可能阻礙我們前進。一個人過度擁有自信，不肯接納雅言，一意孤行，自大狂妄的後果必然也是失敗。漢初西楚霸王——項羽，因為不肯聽言納諫，以致眾叛親離，最後自刎於烏江，過度自負造成英雄末路的結局，這是何等遺憾與可惜？

李遠哲曾說：「一個人真正的成功不在於過去你擁有什麼，而在於未來你還有多大的發展空間。」停下來沾沾自喜的人，注定會失敗！相信自己、充實自己，進而懂得謙虛欣賞別人，我想這才是自信真正的涵義吧！

（吳韻宇）

看清題目

題目是「自信與自大」，但在說明中只提到「自信」，而沒有提到「自大」。其實「自大」就是說明中所說的「過於自信」。由說明中可以知道「自信與自大」之間的差別，著重在程度上。程度適當的就是「自信」，超過應有程度的就是「自大」。至於程度如何才算適當？就是謹慎的判斷情勢而不致馬失前蹄。

左右取材

說明中要求須寫出事例或個人的經驗。理論上，自信的經驗與自大的經驗都可以寫入文中，但其實自大的經驗比自信的經驗更容易發揮，也更容易找到例子。歷史上因為自大而招致失敗的例子很多，如龐涓因為自大輕敵而兵敗馬陵，項羽因為過度自信而自刎於烏江畔等，都是能夠加以發揮的例子，至於個人或週遭發生的實例，更是不勝枚舉。

老師叮嚀

面對「自信與自大」這類的題目，最容易犯的錯誤就是忽略了兩者的關係。若是分別寫自信及自大，而沒有適當的連結，那麼將使文章的主旨分崩離析，文章自然也就不會出色了。

摩拳擦掌好實力

【字形挑戰】

1. 我們常陷ㄋㄧˋ（　　）於自己的情緒泥ㄋㄠˋ（　　）中，以為自己是全天下最悲苦的人，所以自怨自ㄧˋ（　　）、自我放ㄓㄨˋ（　　），認為是理所當然。

答案　溺、淖、艾、逐

【語詞挑戰】

注音

1. 咒天「詈」（　　）地
2. 病痛的「襲」（　　）擊
3. 「喟」（　　）嘆
4. 「叱吒」（　　）風雲

答案　1. ㄌㄧˋ　2. ㄒㄧˊ　3. ㄎㄨㄟˋ　4. ㄔˋ ㄓㄚˋ

添詞

・E世代是（　　）的年代，也是資訊爆炸的年代。

答案　瞬息萬變（或變化多端、變幻莫測）

【句子挑戰】

短句合作

太短的句子有時會顯得零碎，所以請把以下文句合成一句，讓句子更加流暢。

・遭遇挫折的時候要懂得調整步伐。
・調整步伐才有可能迎向成功。

答案　遭遇挫折的時候要懂得調整步伐，如此才有可能迎向成功。

說明

積極面對、不怕困境的人，能走出陰霾之路；消極逃避、畏首畏尾的人，最後困死在死胡同。請你以「別怕，一定有路」為題目，寫出一篇涵蓋下列條件的文章：

◎舉出面對逆境卻不放棄的例子。

◎說明這些例子給人的影響。

◎寫出你面對逆境的處理態度。

範文

別怕，一定有路

◎論說文

當你因手腳沒有旁人俐落而抱怨時，可知乙武洋匡生來就四肢不健全；當你因一點小病就咒天罵地時，可知劉俠從十幾歲起，就沒有一天能擺脫病痛的襲擊。許多時候，我們困溺於自己的情緒病毒中，以為自己是全天下最悲苦的人，甚至認為唯有終結一己的生命，方能了卻這不幸的遭遇。但可知，當許多身體健全，只因一時不順遂的人在自怨自艾時，四肢不全的乙武洋匡，進入了人人稱羨的早稻田大學；終年病痛不斷的劉俠，成立了伊甸基金會，藉以幫助弱勢的人們。其實，生命中最大的阻礙，只有靠自己拚盡全力去克服，而一個人最大的潛力與能耐，也往往在這樣的過程中，被激發、被深化。所以，別怕，就一定有路！

大多數的人都害怕失敗，尤其是習慣成功的人。於是，陷在自己設下的泥淖，無力自拔。即使英勇如項羽，也因擺脫不了心的枷鎖，最終只能自刎於烏江旁，徒留多少喟嘆於後世。其實，失敗是上天給我們的一個機會，因為只有失敗，才會讓我們恍然大悟，放棄舊有的習慣，重新思考自己的步伐，進而開闢一條新路。

看過舞蹈表演的人都知道，要能美麗的旋舞，就必須有最柔軟的腰身。叱吒風雲的韓信，當年可以含辱忍過胯下之侮，也可以謙卑的接受漂母的激勵，奮發成為影響世局的大將軍。由此可見，唯有保持身心的絕佳柔軟度，才能從新的角度看待外界的一切變化，繼而思索如何以一個新的態度因應它。

人世間唯一的不變就是不停變動，今日富可敵國，難保明日不會一貧如洗；今日貧困潦倒，明日也可能有傲視群倫的成就。在如此瞬息萬變，難以掌控的年代裡，或許，我們唯一能堅持的，就只有自己的信念了。在挫折徬徨的時候，不自我棄絕，調整一下姿勢，修正一些角度，無所畏懼的堅定走下去，然後，你就會發現，路，正在陽光燦爛的前方等著我們。

是的，不怕，一定有路！

（呂雅雯）

看清題目

乍看之下，「別怕，一定有路」這樣的題目並不容易理解，因為這裡的「路」並不是實指，如果只是把文章寫成個人迷路的經驗，可就流於膚淺了。寫這篇文章必須把「路」這個字看作「解決事情的方法」或「人生的道路」，如此一來，文章的內容才有深度。

左右取材

南宋詩人陸游的〈遊山西村〉詩中有一名句：「山重水複疑無路，柳暗花明又一村。」這句詩正可與題目相互契合，不過，由於這句話太過常見，如果在文章中引用反倒不佳，不如多舉實例。以乙武洋匡、劉俠（杏林子）這類人物的故事為正面的例子，或以項羽這類人物的故事為反例，都是可取的題材。

老師叮嚀

引用名言本可彰顯個人學識，但引用太過常見的語句反而會收到反效果，因此，如「山窮水盡疑無路，柳暗花明又一村」、「人生不如意事十有八九」等大可不必寫入文中，不妨以自己的話重新詮釋，為這類名句注入新生命。

摩拳擦掌好實力

【字形挑戰】

1. 放暑ㄐㄧㄚˋ（　　）時，我喜歡聽一些名聞ㄒㄧㄚˊ（　　）邇的作家演講，打發我的閒ㄒㄧㄚˊ（　　）時光。

答案　假、遐、暇

【語詞挑戰】

注音

1. 揉「搓」（　　）成細條
2. 小鈴「鐺」（　　）叮叮響
3. 滄海一「粟」（　　）

答案　1. ㄘㄨㄛ　2. ㄉㄤ　3. ㄙㄨˋ

接龍

・周圍

答案　周圍→圍繞→繞口令→令尊

【句子挑戰】

造句

・別以為……我可是……

答案　別以為一團零亂的書桌是我的，我可是擁有分門別類、排放整齊的好習慣呢！

續句

・我的小天地是多少坪我不清楚，但絕對……

答案　我的小天地是多少坪我不清楚，但絕對可以用「麻雀雖小，五臟俱全」來形容。

仿寫作文好範本

說明

人雖然是群體動物，但也都希望有一個單獨屬於自己的小天地，讓自己有歸屬感，也可以在此放鬆自己，做自己想做的事。請你以「我的小天地」為題目，寫出一篇涵蓋下列條件的文章：

◎請為自己的小天地命名。
◎請介紹你的小天地。
◎請敘述自己在小天地裡的活動，至少兩項。

範文

我的小天地

◎記敘文

回家第一件事，便是進入我的房間「一粟軒」，那是我專屬的小天地。門上掛著我自製的門牌，是將各類廣告紙撕開，再揉搓成細條，然後排成「一粟軒」三個字，黏貼在淺藍色的厚紙板上，字的周圍貼著報上剪下來的偶像明星照片，紙板下方穿個洞，掛一串小鈴鐺，只要一推門，它就會叮咚作響。

我的小天地是多少坪我不清楚，但絕對可以用「麻雀雖小，五臟俱全」來形容，書桌、椅子、床、衣櫃、書架等物自然不在話下，還有一架鋼琴、一臺收錄音機、一具電話、桌上型電腦還附印表機呢！書架是我的最佳置物處，除了課本、參考書之外，漫畫、小說、雜誌等都在上面。別以為那兒一團零亂，我可是分門別類將每樣東西都排放得很整齊。至於書桌就無法如此了，因為桌面不夠大，做功課、上網都得在這兒，各類文具、便條、水杯……唉！不說也罷！

我有一張還算大的床，每次我都要求媽媽為我換上淺紫或淺藍色花樣的床、被單。我一定要洗完澡，換上睡衣褲，才會舒服的躺上床，聽著音樂進入夢鄉。

至於我的衣櫥雖然不大，卻塞了不少東西，打開櫥門有一個長的穿衣鏡，假日午後閒得沒事做時，我會翻出各款衣物，試著搭配穿上，在穿衣鏡前走一小段臺步，假想自己是紅遍半邊天的名模。

至於為什麼要叫「一粟軒」呢？那是上國文課時，老師介紹我最喜歡的文人蘇東坡，並抄「赤壁賦」中的兩句話給我們：「寄蜉蝣於天地，渺滄海之一粟」，於是我自覺在茫茫人海中，我也只是其中一粒小米，若能如蘇東坡般超脫，好好運用自己的閒暇時光，不也是人生一大樂事？

（姚舜時）

看清題目

因為題目中的「我」字，本文寫作時應該特別強調空間與寫作者的關係。先介紹其環境，敘述寫作者在小天地裡喜愛從事的活動，並依題目要求為之命名，以表現這個「小天地」與眾不同之處，以及自己樂在其中的原因。

左右取材

所謂「小天地」所指的空間，重點不在其大，而在其私密，所以不妨舉例說明自己單獨時從事的活動及其樂趣。至於命名，宜清楚交代原因，如範文中由〈赤壁賦〉的「寄蜉蝣於天地，渺滄海之一粟」二句，將小天地命名為「一粟軒」；或是舉張曉風幼時將上層床鋪命名為「桃源居」的例子，都可以使這個空間更個人化，更顯得獨特。

老師叮嚀

因為題目是「我的……」，所以內容應該是專屬寫作者的事物，其他人的拜訪或活動就不用強調了，多寫空間和自己的關係即可。

摩拳擦掌好實力

【字形挑戰】

1. 他的每一篇文章，都讓人有耳目一ㄒㄧㄣ（　　）之感，許多人對他的創作才華，都抱持著ㄒㄧㄣ（　　）羨的態度。
2. 小林成天ㄉㄢ（　　）溺在享樂之中，讓人不禁ㄉㄢ（　　）心他會用盡家產，從此過著ㄉㄢ（　　）瓢屢空的生活。

答案　1. 新、欣（歆）　2. 耽、擔、簞

【語詞挑戰】

接龍
‧懇求

答案　懇求→求情→情感→感動

挑錯
‧我常用MSN與同學閒聊，舉凡哪個偶像名星拍電視據、便利商店在集點數對換贈品、補息班的老師很會講笑話……都是我們談天的提材。

答案　閒聊→閒聊　電視據→電視劇
對換→兌換　補息班→補習班
提材→題材

【句子挑戰】

換個角度說　請將下列句子改為第一人稱，營造出不同的感覺。
‧第二人稱：你應該善用金錢，不該成為金錢的奴隸。

答案　我決定善用金錢，不讓自己成為金錢的奴隸。

仿寫作文好範本

說明

你有零用錢嗎？如果有，如何使用？如果沒有，有何期待？請你以「我的零用錢」為題目，寫出一篇涵蓋下列條件的文章：

◎寫出零用錢對你的意義或你對零用錢的期待。

◎寫出零用錢在你生活中所扮演的角色（正反例均可）。

◎寫出你期待或規畫零用錢在你未來生活中發揮何種功能。

範文

我的零用錢

◎記敘文

國小畢業前我從來沒有零用錢，因為父母說我什麼都不缺，不需要零用錢。因此對於同學平日閒聊這類話題，不管錢數是多是少，我總投以無限欣羨的眼光，到底有權利運用一筆錢是什麼感覺？想必是笑歪吧！直到國中在我不斷懇求下，媽媽答應下放經濟大權，我終於嚐到花錢的快感。

有了零用錢，我開始存錢買想買的東西，開始珍惜捨不得花，開始覺得好多東西都很貴，開始理解「有錢不是萬能，沒錢萬萬不能」的處境，開始體諒父母賺錢的辛勞。但這些了解與體諒，始終停留在「知易行難」階段。

每天省吃儉用存了一個月的錢，只要和朋友逛一次街，就立刻成為阮囊羞澀的「月光族」，早午餐就常常是「布衣惡食、簞瓢屢空」，甚至舉債度日成為班上最大的「苦主」。每週一領到錢就還債，但又抵不過誘惑，再借再還，周而復始。最後讓債主媽媽知道，打電話到我家追討債款，嚇得我不敢接電話，覺得自己是通緝犯，也懷疑將來會是個「卡奴」，難道這就是我極力爭取零用錢支配權後所想要的生活嗎？

在一夜痛定思痛之後，我決定擺脫這種噩夢，改變休閒方式，婉拒逛街的邀約，和同學上圖書館或打球，如同預期支出立刻銳減。就這樣我兩個月還清債款，開始存錢，一年後我買了台翻譯機，這是我第一次規畫善用錢財，得到爸媽不少的稱讚與鼓勵，我覺得又得意又有成就感。

有了這次成功的理財經驗，爸媽很放心將壓歲錢和各項獎金都交給我處理，我將它分成三部分：一部分滿足我的口腹之慾，一部分做善事，目前我已和四位同學每月每人捐一百元，認養一個兩歲的小朋友，第三部分也是最大部分就是存起來，現在我已存了一萬多塊，我下一個目標是到美國遊學，完成夢想。

我覺得善用零用錢的感覺真好，不但適度滿足慾望，又能學習理財「當用則用，當省則省」，又能協助我完成夢想，對我來說零用錢真是件美麗的東西。

（簡素蘭）

看清題目

寫作「我的零用錢」時，應留意敘述的角度與對象，若只是描寫發零用錢的父母，或是泛論零用錢的意義與用途，就不免有離題之虞。此外，介紹零用錢的數量雖無不可，但略微帶過即可，不宜將之訂為主旨，可以從取得零用錢的來源或是使用零用錢的觀念等角度出發，方能使文章顯得有深度。

左右取材

在零用錢的來源方面，有些人靠工讀或做家事賺取零用錢，可以藉此闡明「付出與獲得」的道理。若是父母以零用錢作為獎勵，也可以討論「榮譽」的意義與價值。

在零用錢的使用方面，無論多寡都可以由規畫其用途，進而論及正確的理財觀念。至於有些人將零用錢用於助人，使零用錢發揮更大的價值，也是很好的寫作方向。

老師叮嚀

寫這篇文章最大的忌諱是批評題目。即使自己沒有零用錢，也可以憑想像談論自己將如何賺取零用錢，或是賺到零用錢以後將如何使用，斷然不可以寫出：「因為我沒有零用錢，所以沒什麼好說的」這類話語。

摩拳擦掌好實力

【字形挑戰】

1. 她遭受好朋友的誤會，一肚子的委ㄑㄩ（　　），沒有地方可以發ㄒㄧㄝˋ（　　）。
2. 耳ㄖㄨˇ（　　）目染下，我也喜歡上布袋戲，一聽到布袋戲的配樂，我就會ㄑㄩㄝˋ（　　）躍不已。

答案 1.屈、洩　2.濡、雀

【語詞挑戰】

接龍
・鄭重其事

答案 鄭重其事→事倍功半→半途而廢→廢寢忘食→食不知味

添詞
・（　　）的演出

答案 搏命（精彩）

【句子挑戰】

仿句
・無論繼續升學還是就業，我都不會忘記老師的教誨。

答案 無論是颱風還是下雨，我都不會半途而廢。

續句
・上音樂課時，同學都漫不經心……

答案 上音樂課時，同學都漫不經心，只有我扯開喉嚨，高聲大唱。

說明

每個人的興趣不同，喜歡的學科也跟著大異其趣。有人喜歡舒活筋骨的「體育課」，有人喜歡進入時空隧道的「歷史課」。請你以「我最喜歡上的課」為題目，寫出一篇涵蓋下列條件的文章：

◎寫出最喜歡的科目名稱。
◎詳述上課過程和喜歡的原因。
◎寫出對這門科目對你的影響。

範文

我最喜歡上的課

◎記敘文

「春去秋來，歲月如梭，遊子傷漂泊……」電視傳來這首弘一大師李叔同填詞的名曲「憶兒時」，我的思緒也跟著回到國小求學時期的「音樂課」。

從有記憶以來，就常常聽到當過日本兵，走過日治時代的阿公一邊洗澡、一邊哼唱日本歌謠。耳濡目染下，我也愛上了歌唱。上了學校後，我更是鍾情於「音樂課」。

我記得很清楚，一到星期三我就雀躍不已，午休時更是興奮的睡不著覺，想著等一下音樂老師要教授哪一首歌曲？忍不住將音樂課本拿起來瀏覽一番。等到開始上課練習發聲時，旁邊的同學都漫不經心的應付，只有我鄭重其事，精神專注的搏命演出。當「回憶」、「科羅拉多之夜」、「馬撒永眠黃泉下」、「奇異恩典」等美妙樂章從有氣質的音樂老師手指間滑流而出時，我的「喜怒哀樂」也跟著旋律找到宣洩出口。

「美好的時光總是短暫的」，四十五分鐘的音樂課倏忽即逝，我頻頻抬頭看牆壁上的掛鐘，剩下十分、五分、三分……，鐘一響，我的心情跟著跌到深不見底的谷壑。接下來迎接我的又是一連串讓人身心俱疲的考試。

聽說高中的課業壓力還是很重，我也知道長大就業後，雖然不再有升學陰影，代之而起的是經濟壓力。每天上班的情緒會隨著老闆的臉色而起伏，當我受了委屈無人可傾訴時，我想我都可以藉著歌聲吐出怨氣。無論進了高中，或出了社會，我都打算參加合唱團，讓自己接觸更多的「音樂課」，所以「音樂課」不只是我現在的最愛，更將是陪伴我一輩子的情人。

（施教麟）

生花妙筆好輕鬆

看清題目

題目是「我最喜歡上的課」，不要寫成「兩個」以上的課。明確說出喜愛科目，描寫上課過程和喜愛之因，最後再說出對它未來的期盼，就很切題了。

左右取材

學校所教授的科目都可取材，如「體育」、「電腦」、「歷史」等，只要情有獨鍾，都可以寫之有物。若寫大自然之課，過於抽象，不易討好。還是取材學校具體的科目為佳。

老師叮嚀

開頭可結合該科目內容出現，如描寫歷史課，可用三國演義開頭；若是描寫體育課，可用運動比賽開頭。本文描寫音樂課，就以「憶兒時」的歌詞當起端，讓讀者進入音樂課程。其他科目皆可以此類推。

摩拳擦掌好實力

【字形挑戰】

1. 月姑娘在我窗前ㄔㄤˊㄧㄤˊ（　　），ㄙㄚˇ（　　）落了溫柔的光ㄏㄨㄟ（　　）。

2. 在記憶的長河裡，我難忘爸爸騎著鐵馬，ㄗㄞˋ（　　）著我去逛街，喝ㄉㄢˋ（　　）珠汽水、吃香噴噴的烤玉蜀ㄕㄨˇ（　　）、買卡通ㄑㄧˋ（　　）球。啊！那充滿親情的童年，如熱鐵ㄌㄠˋ（　　）印在我心中。

答案 1. 徜徉、灑、輝

2. 載、彈、黍、汽、烙

【語詞挑戰】

接龍

・旅遊

答案 旅遊→遊山玩水→水到渠成→成千上萬

添詞

1.（　　）感人的事蹟

2. 無限的淒涼（　　）

答案 1. 一樁　2. 滄桑

【句子挑戰】

裁句

・沒經過幾年，奶奶因為抵不過恐怖病魔的摧殘逼迫，終於永遠離開惦記牽掛她的子孫家人了。

答案 沒經過幾年，奶奶因為抵不過恐怖病魔的摧殘逼迫，終於永遠離開惦記牽掛她的子孫家人。

說明

有時，聽到熟悉的旋律，總會讓人放下手邊工作，靜靜的隨著節奏，回想起一段令人刻骨銘心的往事。請你以「我最愛的一首歌」為題目，寫出一篇涵蓋下列條件的文章：

◎寫出該首歌的曲名。

◎寫出你聽到這首歌的聯想。

◎寫出你喜愛它的原因。

範文

我最愛的一首歌

◎記敘文

「月亮在我窗前徜徉，投進了愛的光芒……」放學了，在爸爸開著轎車載我回家的擁塞路上，我不經意的打開調頻電台，無意中聽到這首蔡琴小姐的「月光小夜曲」，思緒也跟著飛到那次宜蘭旅遊。

那年三月初春，我和爸爸陪伴年邁的阿嬤搭著火車，要到傳說中的「莎韻之鐘」一遊。我們在宜蘭南澳鄉的「武塔」小村下車，小村只有一條小路，午後走來，靜的像是被遺忘的時光。偶爾，會有路邊戲水的泰雅族小孩，微笑的用深遂大眼睛好奇探問陌生人。轉個彎，「莎韻之鐘」就在街尾，阿嬤說它是紀念日治時代泰雅族小女生「莎韻」送行日本老師出征，過「南澳南溪」時不幸落水身亡的感人事蹟。

當時這事件轟動全台，日本總督隨即送來一口「莎韻之鐘」，以示台日百姓感情深厚。「莎韻之鐘」不只是一口鐘，日後更拍成電影，主題曲更是一首膾炙人口的歌曲，多年後翻唱成國語版的「月光小夜曲」，至今仍深受歡迎。

這時，我不禁哼唱起國語版的「月光小夜曲」，阿嬤則不甘示弱的用日文唱出原曲，歌聲中帶有無限的淒涼滄桑。我們互相約定，明年此時還要再來一次。

哪知回去不久，阿嬤就中風坐在輪椅上了，這個夢想無法實現了。再過幾年，阿嬤抵不過病魔摧殘，永遠離開牽掛她的家人了。當阿嬤的靈柩停在火葬場，突然傳來「月光小夜曲」的大辣辣的演奏旋律，原來是別的喪家聘請的送葬樂隊，曾幾何時，它竟然成了葬場上的樂曲。

「月亮在我窗前徜徉，投進了愛的光芒……」，阿嬤的棺材就在熊熊大火中，一切煙消雲散，耳際卻響起了阿嬤的淒涼歌聲。

（施教麟）

看清題目

要清楚的寫下自己最喜愛的一首歌，不用提及他人之歌。歌詞不用全部抄寫出來，可陳列其中精華句，再簡述歌曲大意即可。

此外，一首歌背後的故事才是重點所在。如果只是介紹該首歌的曲調、歌詞，那就欠缺人的感情了。

左右取材

電視流行歌曲、學校音樂課教授的曲目，都是很好的寫作材料，但是以悲哀感人為佳，本文就是以「曲在人亡」為主軸，讓讀者感受當中的感傷。

老師叮嚀

不妨以一首歌的開頭歌詞作首段開場，再以該曲的歌詞結尾當末段結束，中間夾雜故事，寫出喜歡的原因和歌曲的背景，這樣會有「前呼後應」的神奇效果。

摩拳擦掌好實力

【字形挑戰】

1. 天氣如此ㄩˋ（　　）熱，又碰上如此深ㄠˋ（　　）難解的難題，委實讓人ㄠˋ（　　）惱不已。

答案 燠、奧、懊

【語詞挑戰】

接龍

・傾盆大雨

答案 傾盆大雨→雨過天晴→晴空萬里→里談巷議

配對

・反義詞配對

1. 沉著　2. 詳情　3. 孤寂

A. 熱鬧　B. 浮躁　C. 梗概

答案 1.(B)；2.(C)；3.(A)

【句子挑戰】

造句

・那……每個人

答案 那是個燠熱的夏季，每個人的心情都悶得發慌。

續句

・今晚又下起傾盆大雨，雨水落在……

答案 今晚又下起傾盆大雨，雨水落在窗外孤寂的人行道上，激起粒粒水花。

仿寫作文好範本

說明

傾盆大雨給你什麼感受？有時候，從前的經歷就寄託在一場傾盆大雨中呢！請你以「那一場傾盆大雨」為題目，寫出一篇涵蓋下列條件的文章：

◎請描述傾盆大雨，以及它給你的感受。

◎藉由一場傾盆大雨，你回想起什麼了呢？

範文

那一場傾盆大雨

◎抒情文

今晚又下起傾盆大雨，雨水落在窗外孤寂的人行道上，激起粒粒水花。我走近陽臺，遠望行人奔走在雨中，其中有兩人共撐一把傘，各一個肩膀溼透了，但是他們的臉上掛著滿足。就像那一年……。

那是個燠熱的夏季，我們獲選為班上羽球雙打選手，榮譽心加上責任感，驅使我們天天苦練。由於勤於練球，你我學業成績退步，我的父親強力反對我練球，要我放棄。當時我們痛下決定，不但功課要迎頭趕上，而且也要偷偷練球！

每天清晨，我們躲在學校中庭的大榕樹下，有時背誦英文，有時討論理化，直到七點半的早自習鐘聲響了，才以百米速度跑進教室，參加班上早讀。放學後，緊抓時間練習雙人對打。為了不讓家人知道，一練完，趕緊狂奔回家，裝出沒事的樣子，其實真的好累喔！

比賽的日子到了，我們在球場上過關斬將，晉級到前四強！明天就將舉行最後決戰，老師要我們回家好好休息，培養體力。沒想到才回家，父親就問起比賽的事，原來老師打電話來，父親才知道詳情。事情至此，只好向父親坦白，沒想到父親不但沒生氣，反而大大的鼓勵我。

第二天，持續的燠熱，我們互勉要沉著應對，千萬別自亂陣腳。經過一番激戰，我們以最佳默契，擊敗對手，榮獲冠軍！捧著獎盃，滿足的走回家！出了體育場，天空下起一陣傾盆大雨，雨珠一顆顆落在地上，像美麗的香菇，你拿出一把摺傘，我們並肩共撐，兩個人各有一個肩膀溼透了，但是滿足的笑容卻一直掛在臉上！

雖然已經相隔十多年，但是每當下起傾盆大雨，獨倚樓臺總喚起我對年輕歲月的一些眷戀！老友啊，今夜，你是否和我一樣正欣賞著窗外的傾盆大雨呢？

（張月娟）

看清題目

「那一場傾盆大雨」題中的「那」字有特定之意，特指曾發生過的某一件事，因此必須以過去的經驗為主，至於單指「一次」個人經驗，更是不在話下。這類的題目只適合寫成記敘文或抒情文，兼容兩者亦可，但不宜寫成論說文。

左右取材

材料的取捨是寫作記敘文或抒情文最重要的一環，宜選擇感人而且情節有高低起伏的事件，如此才能寫出好文章。須特別注意的是，事件的場景應發生在傾盆大雨中，且事件場景最好能夠具備「不可取代性」。說得具體一點，如果事件發生在晴天或是雨天都不影響情節的發展，那麼就不算是最恰當的題材。結構的安排也是文章成功與否的重要關鍵之一，故事一開頭就要能夠引人入勝，不妨使用倒敘法、插敘法或補敘法，使情節的發展更有變化。

老師叮嚀

如果在個人經驗中沒有適當的題材，不妨引述他人的故事，或是使用小說筆法加以虛構，只是虛構時要特別注意事件的合理性，不要讓人一眼就看出破綻。尤其要再一次強調的是，要特別注意「那一場傾盆大雨」的「那」字。

摩拳擦掌好實力

【字形挑戰】

1. 傳媒ㄏㄨㄟˋ（　）聲ㄏㄨㄟˋ（　）影的的報導某警官收受ㄏㄨㄟˋ（　）賂，引起高層長官的ㄏㄨㄟˋ（　）怒，也考驗長官危機處理的智ㄏㄨㄟˋ（　）。

答案　繪、繪、賄、恚、慧

【語詞挑戰】

接龍

・進步

答案　進步→步行→行走→走廊

・疏離

答案　疏離→離奇→奇觀→觀察

挑錯

・小說中纏棉緋惻的愛情故事使他對異性的友善想入飛飛。

答案　纏棉→纏綿　緋惻→悱惻　想入飛飛→想入非非

【句子挑戰】

增句

・走在市集，可以感受到小販的熱情。

答案　走在熙來攘往的市集，可以感受小販溫暖招呼背後的熱情。

續句

・騎著腳踏車，享受雙輪舞的快意……

答案　騎著腳踏車，享受雙輪舞的快意，無異是人間美事一樁。

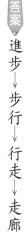

仿寫作文好範本

說明

暑假是學生特有的長假，可以休息、避暑，也可以充實學識。請你以「放暑假，真好」為題目，寫出一篇涵蓋下列條件的文章：

◎放暑假給你的感受。
◎你如何規畫暑假生活？
◎有沒有令你印象深刻的暑假記憶？
◎你認為如何把握暑假，創造豐碩的成果？

範文

放暑假，真好

◎抒情文

學生生涯中，最讓人羨慕的，就是擁有漫長的「暑假」！除了可以趁機避暑、休息，還可以精進原有的才能、學習最新的資訊、或熟讀古人的經典，都能讓自己在兩個月的假期中，獲得長足的進步。擁有暑假，真好！

放暑假時，我喜歡早起。盛夏時分，天氣燠熱，當太陽微微露出臉來，就熱得人們暈頭轉向，只有在清晨時光，還能享受微風吹拂的快意，此時，騎著腳踏車，享受雙輪舞的快意，無異是人間美事一樁。

放暑假時，我喜歡午睡。當耳邊蟬聲陣陣，眼前當頭烈日，我卻能忙裡偷閒，享受愜意的午休時光，前人說：「夏日炎炎正好眠」，真是說中我的心啊！

放暑假時，我喜歡在夕陽下漫步。黃昏時分，天邊散放橘紅彩霞，大大的落日垂掛西天，我漫步黃昏中，嘗盡夕陽的溫存，天邊的夕照，閃耀我的眼睛，路邊花兒依偎我的裙襬，我欣賞黃昏夜色，優遊於悠閒的步調中。

放暑假時，我喜歡陪母親上市場。走在熙來攘往的市集，感受小販溫暖的招呼，體驗台灣富庶的物質生活。一邊在市場閒逛，享受偷得浮生半日閒的悠哉，一邊也藉此重溫兒時陪母親上市場的情景，為逐漸疏離的親情加溫。

放暑假時，我喜歡閱讀。沉浸在武俠小說的世界，隨著張無忌、郭靖、楊過，到俠義的江湖世界，遍嘗豪氣干雲的江湖恩怨，和纏綿悱惻的兒女情長。沉浸在古典小說中，隨著曹雪芹、施耐庵、羅貫中，走進古人的內心世界，感受賈寶玉的柔情、梁山好漢的豪爽、三國豪傑的智慧。

放暑假真好！我擁有悠閒的暑假，享受特有的獨處時光，我愛暑假，放暑假真好！

（張月娟）

看清題目

放暑假是每個學生都熱切期待的事情，因為暑假時能解除惱人的課業壓力，做自己喜歡做的事情。也許有時會空虛寂寞，但是本文宜針對題目中的「真好」二字深入發揮，寫出心中對暑假的美好感受，內容會更吸引人。

左右取材

暑假中令人身心放鬆的事包括休息、玩樂、閱讀……等，取材可以從「學業」、「道德」、「心情」、「人情」、「休閒」等各角度發揮。若能自個人經驗寫出印象深刻的暑假記憶，更能使感受深刻具體。另外，行文時不妨以排比的修辭方法說明「放暑假真好」的理由，較能表現文采。

老師叮嚀

因為題目點明了「真好」的主旨，所以內容要描述出放暑假的好處，而且除了放鬆之外，仍要有充實內涵的積極態度。至於消極、抱怨、批判性的內容都要捨棄，才不會偏題喔！

摩拳擦掌好實力

【字形挑戰】

1. 古人在冷清ㄒㄧㄠ（　　）瑟的秋風中或吹奏竹ㄒㄧㄠ（　　），或高聲吟ㄒㄧㄠˋ（　　），別是一番瀟灑風流。

答案 蕭、簫、嘯

【語詞挑戰】

注音

1.「慵懶」（　　）的生活
2. 車子呼「嘯」（　　）而過
3. 樹「梢」（　　）

答案 1. ㄩㄥ ㄌㄢˇ　2. ㄒㄧㄠˋ　3. ㄕㄠ

接龍

・心頭

答案 心頭↓頭目↓目光↓光陰

【句子挑戰】

長句分工

太長的句子容易使人抓不住重點，請把以下文句拆成兩句，讓它的意旨更加清楚。

・剛過完一個慵懶的寒假，今天是開學的第一天，又是一個新春的開始，穿上制服、背上書包，我決定去「拜訪春天」！

答案 慵懶的寒假剛過，今天是新春開學的首日。

我決定穿上制服、背上書包去「拜訪春天」！

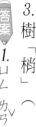

說明

春天是草木滋生的季節，是經過寒冬摧殘之後萬物復甦的時刻，象徵否極泰來、萬象更新，呈現大自然對人類的包容與關懷，給我們欣欣向榮的新希望，我們應該以感恩的心來感受大自然的愛。請你以「拜訪春天」為題目，寫出涵蓋下列條件的文章：

◎請說明為何拜訪春天？
◎請說明如何拜訪春天。
◎請說出拜訪春天之後的感想或感受。

範文

拜訪春天

◎抒情文

清晨醒來，看見窗外枝頭捎來春的消息，新抽出的鮮綠嫩芽正迎著曙光展現欣欣向榮的嬌姿，一股喜悅之情襲上心頭。剛過完一個慵懶的寒假，今天是開學的第一天，又是一個新春的開始，穿上制服、背上書包，我決定去「拜訪春天」！

迎著燦爛的陽光踏上公車，車窗外呼嘯而過的是一株株帶著笑臉的行道樹。對面一位好心的老伯伯提醒我：「妳的手帕掉了！」「謝謝！」我回他一個笑容。公車靠站，上來一位抱著小孩的媽媽，我連忙起身讓座，「謝謝！」她回我一個笑容。下了車，遇到同學小芳，她立刻向前拉住我的手，跟我分享她的小祕密，我們一起會心而笑，看見彼此臉上的喜悅。

進了學校，校狗安娜歡喜的跑到我們腳邊摩摩蹭蹭，「謝謝！」我們撫摸牠的頸毛笑著對牠說。上課了，國文老師以清亮的嗓音，唸出優美的文句，我抬頭看見老師眼裡閃著明亮的喜悅，「謝謝！」感謝老師的教誨，感謝同學的相伴，感謝校園裡老榕樹的胸膛、山茶花的體香……，太多、太多的感謝，讓我心中充滿陽光，原來，這就是春天，因為感謝而湧起的喜悅之情，就是春天！

春天有一顆雪白的心，在陽光裡展現她的真誠；春天有一雙翠綠的手，在花香中展現她的包容；春天還有一張笑顏在樹梢盪漾著她銀鈴般的歌聲，這歌聲不停的迴盪在校園裡每一個角落。是的，春天是不斷湧自我們心靈深處的感念之情，以「感謝」的舞姿，輕盈的舞入我們每一個人的心中，創造一個充滿感恩的彩色世界。來！讓我們每一天都在拜訪春天！

（林孟華）

看清題目

以「拜訪」為題，本文要表現的是作者主動積極的人際互動，「春天」象徵的是如沐春風的感受，由彼此善意傳遞而出的喜悅，而非單指春天的季節變化。但是開頭可順勢由具體的春意下筆，再帶出「春天」抽象的意義。

左右取材

取材宜從生活經驗出發，平凡而溫暖的親情、友情或愛情點滴，都可以讓人聯想到無所不在的春意，並由此得到人際關係的啓發：要記得感謝，要不吝分享，要主動關懷。凡此種種，都應從自身出發，主動「拜訪」，而不應只是一味要求別人。

老師叮嚀

「春天」象徵著新的轉變，溫暖的感受，其實它就在我們的心中，只要對生活時時感謝，就好像擁抱了春風。所以文中宜具體抒發作者的生活經驗，以表達內心的感受。

摩拳擦掌好實力

【字形挑戰】

1. 校園裡綠意ㄤˋ（　）然、花木扶ㄕㄨ（　），ㄌㄤˊㄌㄤˊ（　）讀書聲ㄏㄨㄟˊ（　）盪在各個角落。

2. 學校師長不ㄘˊ（　）勞苦、ㄐㄧㄣˋ（　）其所能的教導我們。

答案　1.盎、疏、琅琅、迴　2.辭、盡

【語詞挑戰】

配對　・同義詞配對

1.溫故知新　2.盡其所能　3.狼吞虎嚥

A.風捲殘雲　B.不遺餘力　C.數往知來

答案　1.(C)；2.(B)；3.(A)

接龍　・難以忘懷

答案　難以忘懷→懷才不遇→遇缺不補

【句子挑戰】

仿句　・校園裡有你我的足跡。

答案　沙灘上有你我的歡笑。

增句　・校園的那個角落藏著許多回憶。

答案　校園的那個角落，看起來好像毫不起眼，卻埋藏著我許多燦爛繽紛的美好回憶。

仿寫作文好範本

說明

校園之中有許多令人駐足的角落，操場的嘻笑聲、教室的讀書聲、競賽中的加油聲及悠揚的琴聲……紛紛迴盪在校園中。請你以「校園的那個角落」為題目，寫出一篇涵蓋下列條件的文章：

◎描述你對校園的那個角落的印象。
◎舉例校園中的人、事、物所帶給你的感受。
◎抒發你對校園的情感。

範文

校園的那個角落

◎記敘文

校園的那個角落，有你我的足跡。這裡綠意盎然、鳥語花香，琅琅讀書聲迴盪在知識的殿堂，洋溢著溫故知新的喜悅；純真的笑容、悲傷的淚水收藏在溫馨的校園一隅，令人難以忘懷。在校園的那個角落，你也可以和同學一齊討論複雜的三角函數、一齊傾聽花與樹的呼吸，甚至一同遨遊沈復多采多姿的童年世界。

校園的那個角落充滿了希望！無論是在教室、操場、游泳池、實驗室或圖書館……，看到師長不辭勞苦、盡其所能的教導活潑、有趣的課程。他們在我課業迷惑時，教育駑鈍的我，就像是無所不知的百科全書解答我的疑難雜症；當我人際關係受挫時，耐心的撫平我的傷口，彷彿和煦的陽光溫暖著畏縮的我；在我青春叛逆時，包容犯錯的我，如同指引我向上的明燈；當我煩惱、無助時，解救我於苦難牢籠，是一把打開心靈枷鎖的鑰匙。在這充滿希望的校園，讓我可以盡情揮灑人生的彩筆，編織綺麗的夢想，我要比別人飛得更高、更遠；在這充滿希望的校園，讓我不是溫室的花朵、不畏狂風暴雨，能夠勇往直前。

校園的那個角落充滿了美好！雖然校舍不是美輪美奐，卻是「麻雀雖小，五臟俱全」；雖然設備不是最頂級、最新穎，卻都「物盡其用」。在這充滿了美好的校園，你可以看到打掃時間同學追著垃圾跑的認真模樣、升旗典禮全校師生莊嚴肅穆的一面、正在發育的少男少女用餐時狼吞虎嚥的景象；你可以聽到下課時的追逐嬉戲聲、考試前的加油打氣聲、音樂課時悠揚的笛聲……迴盪在校園的每個角落。

校園的那個角落，或許並不起眼，卻在我心中留下了一份美麗的回憶——曾經笑過、哭過、瘋過的那個角落，也是陪伴著我成長的那個角落。

（陳淑慧）

看清題目

「校園的那個角落」中的「那個」一詞，雖是特指，但在寫作上卻可以寫整個校園的任何角落，前提是適當的安排段落。如能以分段的方式，各段寫一個特定的角落，那麼便可以得到更多足資寫作的材料。

左右取材

一般學生對校園最熟悉的無非校門口及教室，然而這兩處卻不符合題目中「角落」的定義，宜避開不談。校園無論大小，都會為學生安排活動休息的場所，要不然，也往往會安排藝能專科教室，只要細心尋找，便不乏題材。另外，寫作時也可以使用虛指的方式，不必明確的描寫某個特定的角落，如此也是一法。

老師叮嚀

能夠認同自己的校園，學習效果便會更加顯著，因此在寫作方向上，宜採正面的描述，至於不愉快的經驗等，大可略過不談。

最後要強調的一點是，升學考試往往規定不得洩露身分，如果在考場上見到這個題目，絕對不可明確寫出校名，以免違反考試規則。

摩拳擦掌好實力

【字形挑戰】

1. 她ㄑㄧㄥ（　）訴完心事後，又ㄘㄨㄥ ㄘㄨㄥ（　）的離開。

2. 小黑一ㄈㄨˋ（　）不在乎的模樣，惹得女友ㄈㄨˋ（　）氣離去。

答案 1.傾、匆匆　2.副、負

【語詞挑戰】

接龍
·宏亮

答案 宏亮→亮度→度量→量產→產品

挑錯
·兒子為媽媽夾菜的畫面，是多麼的溫新。

答案 夾菜→挾菜　溫新→溫馨

添詞
·（　）的燈光

答案 昏黃（柔和、刺眼）

【句子挑戰】

仿句
·多麼令人心動、溫馨的字眼！

答案 多麼令人感動、讚嘆的義行！

·傾訴心裡的祕密。

答案 傾吐心底的密語。

仿寫作文好範本

說明

「食衣住行」是人類四大需求，其中以「食」排名第一，三餐成了大家頭條大事，而晚餐通常是三餐中最豐盛、最溫馨的家人相聚時光。請你以「晚餐」為題目，寫出一篇涵蓋下列條件的文章：

◎描繪你「晚餐」時的情景。

◎寫出對晚餐的感受和期許。

範文

晚餐

◎記敘文

夜幕低垂，華燈初上，下班放學的人潮多了起來。在秋末涼意下，路上行人匆匆，他們都趕著回去和家人共聚晚餐，在餐桌前傾訴今天身邊所發生的事情。晚餐，多麼令人心動、溫馨的字眼！

只有我獨自一人走進麥當勞店裡。「歡迎光臨，小弟，今晚比較早喔！一樣漢堡和可樂的套餐嗎？」店員以宏亮又職業的聲音問我。我點了頭說：「嗯！」付完錢後，我選定窗戶邊的位子坐了下來。「漢堡、可樂」這就是我今天的晚餐。

我神情落寞的咬著漢堡，卻是食不知味，因為我的爸媽剛剛又吵架了。他們什麼都吵，以前為了買家具而吵，最近為了金錢而吵，每次吵完架，媽媽通常負氣離家出走，生氣的爸爸會丟一百塊給我，吼叫：「自己到外面解決晚餐。」今天，他們竟然吵到要「離婚」。

我無意識的玩弄著吸管，頭一抬，看到對面二樓窗戶裡，一戶人家正在享用晚餐，透過昏暗的黃色燈光，隱約可見一家三口的身影，朦朧中可看到爸媽正在為那小男孩挾菜，這位幸福的小男孩，年紀應該和我差不多吧！我低下頭看看塑膠盤中的冷漢堡，忍不住眼眶紅了起來。「媽媽，我要和麥當勞叔叔照相，還要吃冰淇淋，買飛天玩具。」突然背後傳來稚嫩的小女孩叫聲，我順著聲音回頭，又是一幅令人羨慕的合家歡景象。

我迅速站了起來，頭也不回的方離開麥當勞，迎著寒風在人群中徘徊。我不羨慕別人晚餐的大魚大肉，或是滿漢全席，我只希望全家能共享晚餐，哪怕是粗茶淡飯都無所謂。好吧！明晚就由我來掌廚，希望能藉由這晚餐挽回爸媽的感情，讓散裂的破鏡能夠重新圓整起來。

（施教麟）

生花妙筆好輕鬆

看清題目

「晚餐」乃「我的晚餐」之省略，不能只論述晚餐的重要。寫出自己進食晚餐的過程和心得才是重點。

晚餐的菜色也不是重點，點到即可，人才是主角。

左右取材

溫馨又歡樂的晚餐是一般同學的取材，若以淒涼冷清的晚餐為題材，則更能撼動人心。若是前後兩者兼具，且加以對比映襯，則內容更廣，感染效果更強，本文即是採取此種手法。

老師叮嚀

結局一定要有期待。如是溫馨晚餐，可期待繼續下去，永享天倫；若是淒清晚餐，可期待早日改變，本文即是採取此種期盼作結。

摩拳擦掌好實力

【字形挑戰】

1. 她壓ㄧˋ（　　）不住怒火，以重話刺激母親，母親血壓隨之ㄅㄠ（　　）高。

2. 他動不動就ㄉㄨˋ（　　）氣離家出走，讓爸爸煩ㄋㄠˇ（　　）不已。

答案　1. 抑、飆　2. 賭、惱

【語詞挑戰】

接龍　‧賭氣

答案　賭氣→氣色→色素→素描→描寫

挑錯　‧她累績的怒火，終於在這一刻宣瀉了。

答案　累績→累積　宣瀉→宣洩

添詞　‧（　　）的遺憾

答案　無法彌補（終身）

【句子挑戰】

續句　‧心情鬱悶的我，跑到河邊呆坐，……

答案　心情鬱悶的我，跑到河邊呆坐，看到白天的月亮也在對著我哭泣，我突然很羨慕河邊的石頭，想來它們一定沒有煩惱，無憂無慮吧！

仿寫作文好範本

說明

人非聖賢，誰能無過？日常生活中，我們總是不斷的犯錯，有些過錯彌補後就船過水無痕了，但有些過錯無法修復，讓人後悔不已。請你以「最後悔的一件事」為題目，寫出一篇涵蓋下列條件的文章：

◎寫出「最後悔的一件事」的來龍去脈。

◎寫出事件後的感想。

範文

最後悔的一件事

◎記敘文

「青春少年時，親像目一眨」，老牌歌星沈文程略帶蒼涼的歌聲，又從收音機裡宣洩而出，我不禁想起了當年和母親一起灌製香腸時的情景。當時這首「舊情也綿綿」剛剛走紅，每天電台一再播唱，它一直伴隨著我們工作。

當年國中暑假，同學來電邀約逛街、出遊，母親接下電話後，往往以我要幫忙工作為由，回絕了同學的邀請。那天，同學又來電了，正在工作的母親放下豬肉，用油膩膩的手接起電話，盤問對方幹啥？隨後母親不悅的數落我的同學：「他沒空，你們以後不要再打電話來了。」然後「砰」的一聲掛上電話。

「媽，你怎麼這樣和我同學講話？」我壓抑不住累積的怒火，在旁邊大聲抗議起來。「你幹麼講話這麼大聲？你交的朋友整天只知道玩，功課一定不好，還是少來往為妙。」媽媽的聲音壓過了我。「連我交朋友你都要管，你管太多了！」「你這是對媽媽講話的態度嗎？你不喜歡這個家，可以離開啊！」我一聽，馬上甩去手上的香腸吼叫：「誰希罕這個家？」就頭也不回的走出去了。「你有種就不要再回來。」我只聽見媽媽歇斯底里的在背後怒吼。

我跑到河邊呆坐，看到白天的月亮也在對著我哭泣，我突然很羨慕旁邊的石頭、小樹，如果能變成它們，就沒有這麼多的煩惱了。我賭氣不回家，餓著肚子跑到附近火車站準備過夜。半夜輾轉難眠，直到警察巡邏盤問，聯絡到叔叔時，才知道媽媽急得血壓飆高，送往醫院急救。我忘記是怎麼抵達醫院的，只記得看到昏迷的媽媽時，感到熟悉又陌生。後來，媽媽終於醒了，檢查結果是「小中風」，從此媽媽走路一拐一拐。隔幾年，母親再度中風，就離開這個家了。

現在，我已經能體會媽媽當時「愛之深，責之切」的心情。然而，一時的負氣造成媽媽永久的遺憾，卻是我一輩子的罪惡，和抹滅不去的後悔。「青春少年時，親像目一眨」，隨著歌聲，我彷彿又回到母子灌製香腸的情景……。

（施教麟）

看清題目

要明確寫出「後悔的事」。此事發生的過程、造成的遺憾都是撰寫重點。如果長篇大論敘述「有過能改」，那就偏離主題了。

左右取材

「朋友吵架時口出惡言」、「錯誤的抉擇造成遺憾」、「自己疏忽釀成火災」都是很好的寫作材料。本文即是「口出惡言」造成遺憾。無論哪一種，都要以後悔懊惱的筆調行文。

老師叮嚀

首段可先撰寫目前的慘況，再以倒敘法回述後悔之事，末段再回到現在。時間佈局可採「現在——過去——現在」。末段可用「這就是我最後悔的一件事」作結，再次回應題目。

摩拳擦掌好實力

【字形挑戰】

1. 驕傲蒙ㄅㄧˋ（　　）了他的反省之心，讓他看不到自己的ㄅㄧˋ（　　）病。

答案 蔽、弊

【語詞挑戰】

注音

1. 灰「濛」（　　）濛的天空
2. 嬌「妍」（　　）的臉龐
3. 年少輕狂的「烙」（　　）印

答案 1. ㄇㄥˊ　2. ㄧㄢˊ　3. ㄌㄠˋ

添詞

・霪雨（　　）中，妳（　　）從雨中走來，走進我的視線，也走進我的心中。

答案 霏霏、姍姍

【句子挑戰】

造句

・姍姍

答案 伊人姍姍，從雨中走來，走進我的心坎。

續句

・乍見你的那一刻，……

答案 乍見你的那一刻，心中竟有一種似曾相識的悸動。

仿寫作文好範本

說明

年輕的心，對情感難免有一股想像與憧憬。請你以「暗戀的滋味」為題目，寫出一篇涵蓋下列條件的文章：

◎文中請描述你偷偷所欣賞的人物。
◎請寫出暗戀時的心情感受。
◎這樣的經驗帶給你心靈上有何成長與啟示。

範文

暗戀的滋味

◎抒情文

記得那是一個微雨溼潤的黃昏，整個天空隱蔽在灰濛濛的帷幕之中，霪雨霏霏，像是煩人心緒的淚珠。你撐把花傘，伊人姍姍，從雨中走來，走進我的視線，也走進我的心中。

我永遠記得初見你的那一天，那是個美麗的雨季。乍見你的那一刻，是一種似曾相識的悸動。你的臉龐不是如玫瑰的嬌妍豔麗，卻有著似蓮花般清新脫俗，不食人間煙火的氣質。當你回眸一笑，響動了我身旁四面的微風；當你的眉輕揚，我的心隨之高舉，再輕輕、輕輕的落下。你的一顰一笑牽引我身上所有的細胞。啊！難道這就是暗戀的感覺。

從此，我把對你的思念，包裹在心裡。每當放學的鐘聲響起，我的心就跟著吟哦，將片片詩句，飄灑在你的髮梢、笑臉與舉手投足間，期待在回家的路上，再與你的身影相遇，將你的微笑，框在我的心裡，扛回家慢慢欣賞。

《小王子》一書曾言：「如果你愛上了某個星球上的一朵花，那麼，只要在夜晚仰望星空，就會覺得所有的星星都開出花朵來了。」我開始喜歡上學途中的點點滴滴，更期待放學時我刻意製造的「巧遇」。雖然膽小的我只能遠遠望著你，即使這是咫尺天涯難以跨越的距離，但你的出現，已是我黯淡國三生活中的一道曙光。

我總在最深的絕望裡，遇見最美麗的驚喜。雖然我從未和你說過話，但那是我年少輕狂的一段青春烙印，就像一筆資料儲存在某個磁區的深處，那種酸酸甜甜苦澀又甜美的感覺，永遠被牢牢的寫在年輕的心中，難以忘懷。

（吳韻宇）

看清題目

題目的關鍵字在「暗」字，強調的是暗戀的心情，內心的萬般「滋味」，這是文章必須表達的主旨，不妨用抒情的口吻開門見山的表達出來。至於暗戀對象的外貌、言行，或是別人的評論，都不是本文的重點。

左右取材

加強描寫暗戀時既期待又怕受傷害的心情，對方的一顰一笑都牽動著自己的心緒。不妨引用中西名著中的愛情故事加強文章內涵，如《小王子》中小王子對待玫瑰的心情，或是歌德《少年維特的煩惱》中對感情患得患失的想法，都可以讓文章生色不少。

老師叮嚀

因為是「暗戀」，所以內容應寫出對方不知情，自己偷偷欣賞，充滿期待的心情。記得善用譬喻、排比等修辭將抽象的感情具體化，情感會更深刻動人。

摩拳擦掌好實力

【字形挑戰】

1. 所謂勤能補ㄓㄨㄛˊ（　　），經過多年的努力，他的能力已經是有口皆ㄅㄟˋ（　　）。

2. 他上課心不在焉，老是元神出ㄑㄧㄠˋ（　　），想不到考試成績卻令人ㄍㄨㄚ（　　）目相看。

答案　1. 拙、碑　2. 竅、刮

【語詞挑戰】

接龍
・侃侃而談

答案　談笑風生→生龍活虎→虎頭蛇尾→尾大不掉

添詞
・（　　）的步伐

答案　蹣跚（急促）

【句子挑戰】

仿句
・補習當然是要讓自己的課業更上一層樓。問題是，它對我沒有成效。

答案　運動當然是要讓自己更健康。問題是，它對我沒有效果。

續句
・班上每個同學都補習……

答案　班上每個同學都補習，我也只能隨波逐流的加入補習一族，過著早出晚歸的生活。

仿寫作文好範本

說明

台灣地小人稠，競爭激烈，補習班四處林立。請你以「補習」為題目，寫出一篇涵蓋下列條件的文章：

◎寫出參加補習的原因。
◎寫出補習的優缺點。
◎提出對補習的期許。

範文

補習

◎論說文

「補！補！補！越補洞越大」，每回賣檳榔的老媽拿到我的段考成績單，免不了會數落我一番。奇怪的是，既然老媽對補習這麼沒信心，卻不允許我退出，而是要我轉進到張媽媽介紹的另一家有口皆碑的補習班。

在台灣當國中生真辛苦，升學壓力讓人喘不過氣來，補習就成了家常便飯，在怕輸的心理下，我只能隨波逐流加入補習一族，過著早出晚歸的生活。

每天學校放學後，我總是拖著疲憊不堪的步伐，緩緩走向補習班。補習班的教室狹窄，座位密集，但是它有學校教室欠缺的冷氣設備，這是補習班環境的優缺點；另外，補習班的上課非常人性化（其實是放任啦！），它不若學校嚴肅，也不大敢管我們，若是得罪我們這些「財主」，我們就會考慮「集體跳槽」。

「補來補去補成愁」，從國小補到國中，從「心算」、「電腦」補到「英數」、「基測寫作」，我可是身經百戰，閱「補習班」無數。老媽累積投資在我身上的學費，更是一筆可觀的數字。

補習當然是要讓自己的課業更上一層樓。問題是，補習到底有沒有成效？我想，只要是自己喜歡的科目，經過補習就會突飛猛進；若是沒有興趣的科目，怎麼補也沒用。像是我喜歡的「電腦」、「英文」，補習時我非常專心聽講，成績當然令人刮目相看；至於我最討厭的「數學」、「寫作」，我就常常元神出竅。

「學校上課專心聽講即可，從來沒有補習過。」每次看到榜首學生在電視上侃侃而談，輕鬆的否認補習的必要，我就會感到非常疑惑，懷疑「補習」的功能，感慨自己的天資不如人。「人一能之，己百之；人十能之，己千之。」我想榜首的天資可望不可及，我不過是個凡夫俗子，只能「勤能補拙」，補習就是我補拙的方法。我應該還會繼續補下去，只是希望補習價錢能再便宜一點。

（施教麟）

看清題目

題目是「補習」，不是「補習班」，撰寫時，不能只在「補習班」打轉。它是「我對補習班的看法」的縮寫，寫出自己的親身經歷和提出自己的見解，才是行文的重點。

左右取材

「耳聞的補習班」、「同學的補習經驗」都可取材。除升學補習外，樂器才藝補習也是好題材。以「多年補一科」的補習經驗，闡述各年齡層對補習的看法，文章會更有深度。

老師叮嚀

「一段理論，一段例證」的夾敘夾議論說方式，非常適合用來撰寫這個題目。本文即是採取這種手法。

摩拳擦掌好實力

【字形挑戰】

1. ㄇㄨˋ（　）色漸沉，下班的他總是急著開啟電腦螢ㄇㄨˋ（　），和仰ㄇㄨˋ（　）的對象交談。

答案 暮、幕、慕

【語詞挑戰】

配對 ・反義詞配對

1.綻放　2.徐風　3.團圓

A疾風　B凋零　C分離

答案 1.B　2.A　3.C

【句子挑戰】

造句 ・俞是……愈用

答案 愈是貧瘠的土地，蒲公英愈用堅毅的生命力生存下去。

續句 ・蒲公英時而在雪絨般的雲海中穿梭……

答案 時而在金色的陽光下挺進；時而在燦美的星光間靜定的航行。

短句合作 太短的句子有時會顯得零碎，所以請把以下文句合成一句，讓句子更加流暢。

・蝴蝶在輕拂的微風下前進；蝴蝶在燦美的日光間飛行。

答案 蝴蝶時而在輕拂的微風下前進，時而在燦美的日光間飛行。

說明

現代人往往無心留意與觀察身旁的環境生態，對於路邊人事物景等，也常無視於他們的存在。請你以「路邊的○○」為題目，寫出一篇涵蓋下列條件的文章：

◎寫出如何發現。
◎描寫主體情況。
◎寫季節變化（或早晚）的不同風貌。
◎人類可以向其學習的精神所在。

範文

路邊的○○

◎記敘文

就在這春天繁花盛開的季節，騎著腳踏車經過家門前那阡陌縱橫的稻田，很難不去發現路邊那片綻放著明黃色的小花——蒲公英。當進入黃梅時節，遍地明黃色的小花，變成了白色團團的小棉絮，搭配蒼翠的綠葉，將山坡染成一片。

據說蒲公英的種類共有四百多種，繁殖力極強，幾隻翩翩的彩蝶在花叢覓食，幾個天真的孩童嬉戲追逐於花間。蔚藍的蒼穹下，嚮往自由的蒲公英，如一群吉普賽女郎，在路邊高聲唱著流浪者之歌……。

路邊卑微的蒲公英，也許並不起眼，但無數的小白球，是一群希望種子，像一場暖暖的「蒲公英之雪」，在閃耀的午後陽光裡，帶著滿天的希望，等待微風輕輕吹起，一片片的黃色花海，猶如一隻隻鑲上了白色的翅膀的希望精靈，在空中振翅翱翔。蒲公英是一種生命韌性很強的植物，似乎只要一點點土壤跟水分就能生存，並繁衍自己的下一代，待時機成熟時，再次乘著徐風出發，繼續下一代的生命，每一次的落地生根，並不是生命的結束，而是另一個令人期待的序幕。

蒲公英任情感奔騰於一片純真的境界，任遐思幻想無拘無束的在白雲綠樹間飛馳……時而在雪絨般的雲海中穿梭；時而在金色的陽光下挺進；時而在燦美的星光間靜定的航行，當她發現到喜歡的地點時，便會如落葉般的搖落，再靜靜的伸入泥土，然後悄悄的發芽，伸展出他那雪白如絲的種子。嫩芽初發，伴著陣陣的微風搖曳，掀起一幅瀰漫雪花紛飛的景色，向四周迴盪，映著陽光，閃爍著粼粼奪目的光輝。

路邊的蒲公英是無限希望，每根成熟的白色絨毛，載著自己的生命希望飛向藍天，飛往屬於她們「生命的桃花源」，愈是貧瘠的土地上，她們愈用堅毅的生命力生存下去，她們都在為自然寫詩，默默的在自然詩集中，創下一篇篇動人的生命詩篇。

（戴淑敏）

看清題目

本文以「路邊的○○」為題，屬於部分開放自擬的題目，○○不一定限定為兩個字，但必須是室外「路邊」可以看到的，內文宜就選擇的主題作發揮，表現作者的發現與觀察力。

左右取材

文中應寫出發現的過程，詳述其外表及狀態，甚至不同季節或早晚的變化，再寫出發現的感動或啟示，以及自己可以學習的意義。寫作的方式可以針對主體仔細描寫，也可以先寫旁襯的部分，再帶出主題。重點是以其象徵意義作結，使平凡的主題予人不同的啟發。

老師叮嚀

因為題目強調是「路邊」可以看到的，所以必須是「室外」的發現與觀察。另外，選擇的對象應該是平凡不受注意的事物，才能呼應題目「邊」的特性。

摩拳擦掌好實力

【字形挑戰】

1. 每當「汽油價格上漲」的消息在電視螢ㄇㄨˋ（　　）上出現，加油站總是門ㄊㄧㄥˊ（　　）若市。

2. 經過一陣激烈的ㄙ（　　）殺，戰場到處都是殘ㄏㄞˊ（　　）。

答案　1.幕、庭　2.廝、骸

【語詞挑戰】

接龍
・振奮

答案　振奮→奮鬥→鬥爭→爭論→論文

挑錯
・颱風已經遠揚而去，不用再點著臘燭對抗停電了。

答案　遠揚→遠颺　臘燭→蠟燭

【句子挑戰】

裁句
・人總是要等到身邊的人、事、物消失不見時，才明白了解它們的可貴。

答案　人總是~~要~~等到身邊的人、事、物消失~~不見~~時，才~~明~~白了解它們的可貴。

仿寫作文好範本

說明

到了颱風夜，常常停水停電，造成極大的不便。請你以「颱風夜」為題目，寫出一篇涵蓋下列條件的文章：

◎描述颱風夜的景象。

◎寫出你如何度過颱風夜。

◎寫出颱風夜給你的影響。

範文

颱風夜

◎記敘文

「中度颱風○○來襲，明天傍晚暴風圈將進入台灣，台北縣停止上班上課一天……。」自從氣象局發布颱風警報後，我和弟弟就一直盯著電視跑馬燈，在我們殷殷期盼下，它終於秀出了令人振奮的字幕。

一大早晴空萬里，根本不像颱風天，「這是暴風雨前的寧靜。」爸爸提醒我們要未雨綢繆，所以一家四口來到大賣場，加入瘋狂搶購食物的血拚族，只見大賣場門庭若市，大家都在為「颱風夜」備戰。

晚餐後，風雨就逐漸大了起來。有了上次大淹水的慘通經驗，爸爸看到苗頭有點不對，馬上下樓，將地下室的愛車開往附近山坡。在家的我們，媽媽忙著電話八卦，我和弟弟正在線上遊戲上廝殺，突然「唰」一聲，意料中停電了。弟弟興奮的點起蠟燭要去洗澡，脫光衣服時才發現水也停了。「開門！開門！」我聽到爸爸在門外急促的呼叫聲，趕緊打開大門，只見爸爸上氣不接下氣，氣喘噓噓的說：「電梯暫停使用，累死我了！」望著從一樓爬樓梯到九樓，全身溼淋淋的爸爸，我們也只敢在心底偷笑，以免招來不測。

狂風暴雨下，不時傳來招牌墜地的巨響；漆黑街道中，偶而有一輛汽車搖晃的駛過。我望著窗外的颱風夜景，深感在大自然磅礡的氣勢下，人類是那麼的渺小。就在陰風怒吼陪伴下，我回到寢室，卻驚覺夏天沒有冷氣根本無法入睡，輾轉反側的失眠到天亮。隔天起來，颱風已經遠颺，但是留下令人怵目驚心的滿地殘骸。因為水電還在「罷工」中，我無法盥洗，只能一臉睡容的來到學校。學校因為沒有鐘聲管制上下課，顯得亂哄哄；廁所更是臭氣沖天，讓人聞之卻步。

人總是不會珍惜身邊之人、事、物，等到失去才了解它的可貴，這種感覺在颱風過後讓我感受特別深刻，所以囉！偶而來次颱風驚魂夜，好像挺不錯的，因為它提醒我們要「惜福」。

（施教麟）

看清題目

題目是「颱風夜」，時間限制在「夜晚」，若是寫成「颱風天」就偏離題目了。描述颱風的肆虐情況是行文重點，末段以小小心得作結束即可。

左右取材

可分「室外大自然的陰風怒吼」、「室內家人的驚惶失措」加以比較撰寫。也可採家人在颱風夜的應對為素材，本文就是採取這一手法，敘述媽媽、弟弟、作者、爸爸在颱風夜的情況。

老師叮嚀

如果只是描寫「颱風夜」的可怕，那不過是單純的記敘文。若要提升文章層次，讓內容有深度，末段就要論說，本文末段的「惜福」即是。

此外，颱風夜晚後的隔天黎明，象徵著人生奮鬥過程，也可用來作結。

摩拳擦掌好實力

【字形挑戰】

1. 她只要受點ㄨㄟˇ（　　）屈，就喜歡追根究ㄉㄧˇ（　　），反過來挑出別人的小錯誤。

2. 他的ㄆㄧˊ（　　）氣向來很好，不會為了小事而ㄗㄥ（　　）恨別人。

答案　1.委、柢　2.脾、憎

【語詞挑戰】

接龍　・雲淡風輕

答案　雲淡風輕→輕舉妄動→動如脫兔→兔死狐悲→悲天憫人

添詞　・將它掛在（　　）的書房

答案　窗明几淨（靜謐、寂靜）

【句子挑戰】

仿句　・如果我有一點點好脾氣，如果我有一點點懂得原諒別人，都要感謝這句話給我　的啟示。

答案　如果他還能醒來，如果他還能下床走路，都要感謝救他的醫師。

仿寫作文好範本

說明

世界上有很多名言佳句，有的人因為名言「一分耕耘，一分收穫」而有所改變，有的人因為佳句「有志者事竟成」而堅持到底。請你以「影響我最深的一句話」為題目，寫出一篇涵蓋下列條件的文章：

◎寫出影響你最深的一句話。

◎寫出第一次接觸到這句話時的情景。

◎寫出這句話對你的影響。

範文

影響我最深的一句話

◎記敘兼抒情文

我的個性喜歡追根究柢，發覺對方錯誤後，就會得理不饒人。如果對方再不認錯，我就會氣得和他絕交。我常常為了芝麻小事，和同學爭的死去活來，有時說不過別人，自己就生好幾天的悶氣。

「長城萬里今猶在，不見當年秦始皇」，它張貼在一家麵食小吃店的牆壁上。那天晚上，我就坐在它的對面享用晚餐，瀏覽了好幾回，文章大意是勸人不用斤斤計較，當年秦始皇建造萬里長城，如今長城依舊，而秦始皇卻已經不在人間了。換句話說，人生在世，「生不帶來、死不帶去」，所以就不用太計較了。

我正在咀嚼這句話的意思時，突然聽到有客人大喊：「我明明給你一千元，你怎麼找我這麼少錢？」老闆口氣溫和的回答：「先生，我的收銀機裡沒有一千塊大鈔，您要不要再確定一下？」「我還會弄錯嗎？」客人氣急敗壞的吼叫著，引來其他客人好奇的眼光。「可能是我搞錯了，對不起。」老闆頻頻向他道歉，退錢了事，才平息客人的怒火。老闆這種「不計較」的寬大胸懷，當場震撼了我。望著牆壁上的「長城萬里今猶在，不見當年秦始皇」，這位老闆真正落實了。

我想，我要是那位老闆，一定會和那客人大戰三百回合，即使打架或上法院都無所謂。回家後我上網查詢這句話的典故，原詩是「何事紛爭一角牆，讓他幾尺也無妨，長城萬里今猶在，不見當年秦始皇」。嗯，寫得真好，我將它列印出來，掛在書房裡面。現在，我只要受了委屈，便輕聲反覆唸個幾次，就會感到雲淡風輕，敵人不再那麼令人憎恨了。

這就是影響我最深的一句話，時至今日，如果我有一點點好脾氣，如果我有一點點懂得原諒別人，都要感謝這句話給我的啟示。

（施教麟）

看清題目

明確寫出來這句話。描述事件時要扣緊這句話，更重要的是寫出這句話對我的「影響」。

左右取材

名句或諺語都是很好的題材，如「書到用時方恨少」、「事非經過不知難」等，遣詞既優雅又有哲理。避免從長輩情緒失控的訓話中取材，如「你再不唸書，就去當工人啦！」「你再惹是生非，我就和你斷離父子關係。」這些既沒有人生哲理，辭句又不優美，而且也不像「一句話」。

老師叮嚀

如果能跳脫通俗的名言，改用罕見的佳句當一句話，文章會更有賣點，如「欲知前世因，今生受者是。欲知來世果，今生做者是。」如果能指明出處，那就更妙不可言了。

摩拳擦掌好實力

【字形挑戰】

1. 自從西施進了吳宮，其他ㄆㄧㄣˊ（　）妃雖不至於像東施效ㄆㄧㄣˊ（　）一般可笑，但確有不少人ㄆㄧㄣˊ（　）繁的學習她的妝扮與舉止。

答案 嬪、顰、頻

【語詞挑戰】

注音

1. 美人「胚」（　）
2. 聯「誼」（　）活動
3. 「赫」（　）然發現

答案 1. ㄆㄟ　2. ㄧˋ　3. ㄏㄜˋ

接龍

・華而不實

答案 華而不實→實話實說→說三道四→四海為家

挑錯

・如今，他終於體誤到，外在的美麗是敷淺的，只有內在的美麗才是永恆的。

答案 1. 體誤→體悟　2. 敷淺→膚淺

【句子挑戰】

續句

・美麗是膚淺的……

答案 美麗是膚淺的，我們要追求的是內在的充實，而不是光鮮亮麗的外表。

說明

孔子說：「食色性也。」喜歡美食、美色以及各種美好的東西本是天性，請你以「談愛美」為題目，寫出一篇涵蓋下列條件的文章：

◎你認為什麼是美？

◎怎樣的表現才叫「愛美」？

◎外在的愛美能否讓內心也愛美呢？

範文

談愛美

◎論說文

要一個不美的人談如何愛美，就像要一個沒錢的人談如何有錢一樣——期許很多，卻大多是華而不實的空想。

我知道我不美，但我曾經是愛美的，所以當我學著班上公認的美人胚子把裙子改短，換上流行的泡泡襪之後，便立刻換來「馬臉公主」的封號——馬不知臉長，胖子不自覺腿粗。就這樣，將「東施效顰」故事活生生搬到現代的我，委屈的跑回家向母親哭訴。和我容貌極度相似的母親這樣告訴我：「美麗是膚淺的，我們要追求的是內在的充實，而不是光鮮亮麗的外表。」我似懂非懂的看著我的母親，然後，兩張神似的臉龐同時漾出一個相似的微笑。

成績優異的我，自此也確實努力的充實著我的腦袋。我要讓我的內涵發光發熱，證明內在確實比外在更加重要。我考進了一流高中，用成績羞辱了當年譏笑我的那些同學。然後，在開學的第一天，我發現自己竟然又跟另一批愛美，且成績跟我相當的人當同學了。第一次參加聯誼時，我發現男生們盡是找那些漂亮懂得打扮的同學，接著第二次、第三次……。好強的我，怎能容許自己容貌和學業上處於雙輸的狀態。於是，我不僅更加把勁在學業上，同時也開始接觸那些關於打扮的流行雜誌。

發揮我積極求知的精神之後，我才赫然發現，愛美，原來也是一門高深的學問，哪種臉型該配哪種髮型，哪種膚色該穿哪種顏色……其複雜的程度，並不亞於解出一道艱困的數學題。隨著一再的嘗試、驗證，我開始體悟，愛美原來不只是狹義的追求外表的酷炫，更是一種對自身的了解。之後，我發現我的人生也開始美好了許多，我開始笑了，也發現周遭的人也愈來愈常對著我微笑了。

人人都應該愛美，因為「愛美」，讓人懂的用「心」感「受」人世間的總總「美」好。愛美，不是膚淺的，愛美，是心中有愛也懂愛的展現，我決定了，我要成為一個愛美的人，並且持續的愛下去。

（呂雅雯）

看清題目

「美」有優美與壯美、主觀的美與客觀的美、內在美與外在美等等，既然題目是「談愛美」，就須對「美」字下明確的定義，並且要界定切入文章的角度，才能使主旨統一。要談「愛美」，除了講明「美」的意義外，還須講明如何「愛」美。

左右取材

曹植在寫給好友楊脩的書信中說：「人各有好尚，蘭蓀蕙之芳，眾人之所好，而海畔有逐臭之夫。」意思是說，一般人都喜愛花朵的芬芳，但也可能會有喜歡臭味的人。所謂的「美」可能會隨著時代而有所不同，有些朝代喜歡圓潤的體態，有些朝代喜歡瘦削的身材，外在的美永遠不會是永恒的。

老師叮嚀

就外在美而言，往往會有例外，所以具體寫明如何是美，如何是醜反倒不佳。內在美則不然，科學研究指出，即使是嬰孩，也比較喜歡樂於助人的好人，所以談愛美，必然要談到內在美，才容易產生共鳴。

摩拳擦掌好實力

【字形挑戰】

1. 結ㄌㄧˊ（　　）多年的夫妻，在爆發了嚴重的肢體衝突之後決定ㄌㄧˊ（　　）異，留下了滿室的玻ㄌㄧˊ（　　）碎片。

答案 縭、離、璃

【語詞挑戰】

注音 1.「教」（　　）導　2.邵「僩」（　　）

答案 1. ㄐㄧㄠˋ　2. ㄒㄧㄢˊ

接龍 ・息息相關

答案 息息相關→關門大吉→吉星高照→照本宣科

【句子挑戰】

添詞 ・己所不欲，（　　）。

答案 勿施於人

・個人自掃門前雪，（　　）。

答案 莫管他人瓦上霜

裁句 ・我們不可再有那種只顧自己的狹隘觀念；應該培養「兼善天下」的一種胸襟，社會才會在和諧的氣氛中不斷的漸漸成長進步。

答案 我們不可再有~~那種~~只顧自己的狹隘觀念；應該培養「兼善天下」的~~一種~~胸襟，社會才會在和諧的氣氛中不斷的~~漸漸~~成長進步。

仿寫作文好範本

說明

人是群居的動物，我們不可能離群索居。在這個多元化的時代中，我們應更積極的彼此關心，彼此鼓勵，社會才會更進步。請你以「關心自己關心別人」為題目，寫出一篇涵蓋下列條件的文章：

◎說明為何要關心自己關心別人。
◎說明如何關心自己關心別人。
◎說明你如何關心自己怎麼關心別人。

範文

關心自己關心別人

◎論說文

在現今這個時代，人與人之間是息息相關的，想使社會有正向的發展，人人就要建立正確的人生觀——關心自己關心別人。先充實自己、發展自我，再散布關心的苗芽，如此不僅自己的人生更美好，社會也將更和諧進步。

我們在成長的歲月中，接受到許多人的關心，被關心是幸福的；但如何接受這份關心，進而懂得去關心別人，也是一門重大的課題。首先要從關心自己著手，培養自己獨立的精神，相信自己的能力，千萬不可自暴自棄。李白說：「天生我才必有用」，所以我們不可看輕自己，要肯定自我，使自己成為有用的人，才能從自己出發去關心其他的人。

古今中外有許多將關心他人，並發揮得淋漓盡致的例子，例如：孔子開了平民受教育的先河；印度甘地、美國總統林肯，努力消除階級意識；德蕾莎修女、慈濟人無私的奉獻等。他們不僅成就了自己，也成就了他人。

從小父母、師長便教導我，要懂得「推己及人」、「己所不欲，勿施於人」，所以在學校我願意擔任較辛苦的掃除工作；同學遇到問題，我也會主動幫忙，因此我的朋友很多，自己也感到很充實和快樂。

邵僩說：「關心自己，可以檢討過去，策勵將來；關心他人，可以促進家庭幸福，社會進步祥和。」我們不可再有「個人自掃門前雪，莫管他人瓦上霜」的狹隘觀念；應該培養「兼善天下」的胸襟，我們的社會才會在和諧的氣氛中不斷的成長進步。

（姚舜時）

看清題目

「關心自己關心別人」的題目省略了「和」字，其實是雙項並重關係型的論說文，所以二者並重，內容不可偏廢。不妨先各自論述其重要性，援引例證，再找出「關心自己」和「關心別人」二者的關係，最後總結，結構就會謹嚴有序。

左右取材

除了說明為何要關心自己關心別人，更要說明行動的方法及二者的相關性。例如範文中說：「要肯定自我，使自己成為有用的人，才能從自己出發去關心其他的人。」便是說明要以「關心自己」為基礎，行有餘力才能「關心別人」。此外，杜甫「大庇天下寒士俱歡顏」，德蕾莎修女「我的愛在貧民窟」以及慈濟人救災濟貧……等事蹟，皆可入文為例，作為「關心別人」的大愛表現。

老師叮嚀

因為這個題目屬於雙項並重關係型的論說文，所以「關心自己」和「關心別人」兩者論述的比重要差不多，不能獨厚其一，才能完整表現題旨。

摩拳擦掌好實力

【字形挑戰】

1. 所謂的「關ㄐㄧㄢˋ（　　）十分鐘」，ㄇㄧㄥˊ（　　）確指出最後十分鐘的ㄐㄧㄢ（　　）持，才是成敗的最關鍵。

2. 人生路上，有無數的ㄍㄨㄢ（　　）卡在考ㄧㄢˋ（　　）我們。

答案 1. 鍵、明、堅　2. 關、驗

【語詞挑戰】

接龍
・堅毅不拔

答案 堅毅不拔→拔山蓋世→世界大同→同舟共濟

挑錯
・經過常時間的訓練，他還是臨場退縮了。想來是自悲心作崇，使他放棄了這場比賽，也放棄了自己。

答案 常時間→長時間　自悲心→自卑心　作崇→作祟

【句子挑戰】

造句
・懈怠

答案 由於深知職場競爭激烈，所以他從早到晚都不敢懈怠。

・推托

答案 老闆看不慣業務主任凡事推托的態度，終於開除了他。

仿寫作文好範本

說明

從事任何事情，如果要成功，就要堅持！所謂「關鍵十分鐘」，強調的是堅持到最後的毅力和勇氣。請你以「關鍵十分鐘」為題目，寫出一篇涵蓋下列條件的文章：

◎你有沒有堅持到最後的經驗？
◎你認為最關鍵的十分鐘指的是什麼？
◎為什麼關鍵十分鐘會決定一個人的成敗？

範文

關鍵十分鐘

◎論說文

俗話說：「好的開始是成功的一半。」以「慎始」的重要性告誡我們要在開始時有萬全的計畫。然而古人卻說：「行百里者半九十。」古人認為「善始者繁，克終者寡」。告誡我們：堅持到最後才能得到豐碩的成果。究竟開頭比較重要，抑或是接近結尾比較重要？每個人都有自己的理由，我認為好的開始固然重要，但是，堅持到底的精神，應該是更具價值的！所謂的「關鍵十分鐘」，明確指出最後十分鐘的堅持，才是成敗的最關鍵！

任何人在做一件事時，總有美好的期許，希望能夠順利達到目標。剛開始都是全力以赴，但是經過一段時間，也許是三天、也許是一兩個星期，惰性開始作祟了，於是偷懶推託，最後總沒能如期完成理想。這樣的經驗大家都有，所以古人說：「靡不有初，鮮能克終。」意思是說：沒有人不是有好的開始，可是很少有人能堅持到最後。可見，堅持到最後是非常不容易達成的。

反之，一路上的堅持執著，到了最後，惰性不能動搖、懈怠的想法無法戰勝堅毅的精神、在成功前最關鍵的十分鐘，依舊保持戰戰兢兢的態度，全心全力的付出，相信成功會自然來到，因為一個人克服了最艱難的關鍵十分鐘，能戰勝自己，怎能不成功呢？例如：學生努力讀書，到了考前，臨危不亂，沉著應考，堅持到最後，應該都是能掌握關鍵十分鐘的人。反過來說，一開始用功認真，最後卻懈怠放棄，在考前自亂陣腳，是不可能成功的。因為最關鍵的時間，就是在最後最艱難的十分鐘！又如：籃球場上距離終場只剩三分鐘，能堅持努力到最後的隊伍，才有勝算。可見最關鍵的時間不是在開頭時，而是在最後啊！

人生路上，有無數的關卡考驗我們，我們一定要瞭解：關鍵十分鐘代表的是堅持到底的精神！如果我們有堅毅不拔的信念、愈挫愈勇的態度，那麼，沒有克服不了的難關，必能穩妥掌控自己的人生！

（張月娟）

看清題目

「十分鐘」的時間可以說是長，也可以說是短，端看情況而定。若是看電影，那麼十分鐘才只是開頭而已；若是捱打捱罵，只怕連一分鐘的時間都算太長。那麼題目中的「十分鐘」究竟是長還是短呢？答案就在「關鍵」一詞。決定事情發展方向的重要時刻即是「關鍵時刻」，事情的轉變只在一瞬間，所以題目中的「關鍵十分鐘」，必是強調時間的短暫而重要。

左右取材

在取材上，最容易發揮題旨的是運動比賽，例如：棒球比賽、馬拉松比賽、游泳比賽等，都可能在最後十分鐘決定勝負，從這個角度去思索，題材便能夠取之不盡。當然，「關鍵十分鐘」可以指開始的十分鐘，也可以指結束的十分鐘，甚至可以指過程中的十分鐘。在寫作上，前兩種情況較容易發揮和找到足資引用的事例或言例。

老師叮嚀

「好的開始是成功的一半」，強調慎始的重要，「善始者繁，克終者寡」，強調堅持到底的重要，無論從何種角度立論，只有主旨統一，論述周到才能寫成好文章。

摩拳擦掌好實力

【字形挑戰】

1. 雨淅ㄌㄧˋㄌㄧˋ（　　　）的下著，挾帶著雨絲的微風順著ㄔㄤˇ（　　　）開的窗戶吹進來，今夜，我失ㄇㄧㄢˊ（　　　）了。

2. 雨絲ㄈㄟㄈㄟ（　　　），如同細針，雨中的世界，虛無ㄆㄧㄠㄇㄧㄠˇ（　　　），神秘而美麗。

答案　1.瀝瀝、敞、眠　2.霏霏、縹緲

【語詞挑戰】

配對

・詞義配對

1.霏霏　2.汩汩　3.徐徐

A.雨水或雪花綿密的樣子。

B.緩慢的樣子。

C.形容水急流的聲音。

答案　1.(A)；2.(C)；3.(B)

【句子挑戰】

短句合作

太短的句子有時會顯得零碎，所以請把以下文句合成一句，讓句子更加流暢。

・窗外的雨點發出規律的聲響。

・在深夜裡聽著雨聲，心情也隨之平靜了下來。

答案　在深夜聽著窗外規律的雨聲，心情也隨之平靜了下來。

仿寫作文好範本

說明

雨中的景物，常是文人筆下最易觸動內心冥想的天地。無論是浪漫的霏霏細雨、或是令人措手不及的傾盆大雨，都有不同的風景。請你以「看雨聽雨」為題目，寫出一篇涵蓋下列條件的文章：

◎請敘述下雨時你所看到的景象。
◎並敘述雨聲帶給你的種種想像。
◎除景象的描述外，還需加上個人心情的抒嘆。

範文

聽雨看雨

◎抒情文

窗外，雨淅瀝瀝的下著。挾帶著雨絲的微風順著敞開的窗戶吹進來。溼溼的，涼涼的，雨絲輕輕的滑過手臂，轉瞬間便蒸發消失，只剩下一種淡淡的感覺殘留在手上，那微涼的觸感，是那麼的虛渺卻又真實。

最喜歡的日子便是雨天。靠在窗邊聽雨，聽雨歌唱於天地之間，在蒼穹間落下無數動人的音符。不論是打在鐵皮上的叮噹聲，是落在水窪中「咚」的聲響，或是匯集成小河發出清新的汩汩音律，都是它給予渺小的我們最大的禮物。

在深夜靜聽雨聲，雨滴拍打窗面，發出滴滴答答的聲響，似乎就像敲擊在心中的旋律，讓心中所有的煩瑣沉澱。無怪乎古人「少年歌樓聽雨」、「壯年客舟聽雨」，即便「鬢也星星的老年」也會為點滴到天明的雨聲而感嘆。

如果撐著一擎傘蓋，低迴漫步於漫天的水珠之中。雨絲霏霏，如同細針，雨中的世界虛無縹緲，神祕而美麗。有時雨勢滂沱，一粒粒飽滿厚實的雨滴，像是氣勢萬鈞的軍隊擊點的鼓聲，鋪天蓋地而下，令人避無可避，逃無可逃。

把傘丟了吧！盤腿坐下，細細的將自己冷靜的，或是激烈的，剖析一番。沒有什麼時間是人更能在這時候貼近自己的內心，傾聽發自內心的聲音。

雨水洗滌大地，彷彿天與地之間的隔閡藉由一場雨而消失。彷彿可以將手伸向天際，觸摸到那不屬於我們的地方。彷彿這由天上一直接到地上的雨絲，擎起了一座細細的橋樑，連接了兩個世界。雨停了雨滴劃過天際，留下一道又一道美麗的曲線，等待太陽妝點上色，那是雨後的彩虹。這是上天的贈禮。

不論是綿綿細雨，或是狂風暴雨，同樣都是天上和地上短暫接軌的交集。雨聲如天籟，冷靜了偏激的思想；雨滴如鏡，映照出真實的自我。冷靜之後，檢視自己，在一次次的剖析之中，修正、昇華、凝練。

（吳韻宇）

生花妙筆好輕鬆

看清題目

「聽雨」強調的是雨聲的聽覺摹寫，「看雨」強調的是雨景的視覺摹寫，兩者均是本文的重心，不可偏廢。

左右取材

在體裁的選擇上，可以採用記敘文的寫作方式，記敘某一次或平時聽雨、看雨的經歷，或是採用抒情文的寫作方式，表達和雨天有關的心情。這種題目要想寫得好，除了細膩的描寫之外，豐富的想像也是不可少的。可以善用譬喻法或擬人法等，使文句更為生動。

古今和雨相關的優美詩句有很多，如北宋詩人蘇軾的〈定風波〉：「莫聽穿林打葉聲，何妨吟嘯且徐行。」又如南宋詞人蔣捷的〈虞美人〉：「少年聽雨歌樓上，紅燭昏羅帳；壯年聽雨客舟中，江闊雲低，斷雁叫西風。」蔣捷的詞作藉著聽雨來描寫人生的歷程，深化了詩句的內涵；蘇軾的詞句則把風雨比喻為人生的挫折，表現出詩人達觀的胸襟。

老師叮嚀

陰晴寒暑是古人詩作中常見的題材，平時可以熟背這些優美詩句，不但可以使文章信手拈來，更可以使文章更加典雅而有內涵。

摩拳擦掌好實力

【字形挑戰】

1. 雲朵遮ㄅㄧˋ（　　）了日光，使得這間破ㄅㄧˋ（　　）的屋子更加陰暗。
2. 太陽ㄖㄨㄥˊ（　　）化冰冷，為大地帶來生ㄐㄧ（　　）。但是太陽從不宣揚自己的功ㄐㄧ（　　），它只是努力ㄕˋ（　　）放溫暖的光和熱。

答案　1.蔽、敝　2.融、機、績、釋

【語詞挑戰】

接龍
・無私

答案　無私→私交→交通→通達

添詞
・令人（　　）的高山

答案　崇仰

【句子挑戰】

造句
・融化

答案　太陽融化冰雪，為地帶來生機。

續句
・風吹過草原……

答案　風吹過草原，帶來了春天的信息。

仿寫作文好範本

題目

古代哲學家老子說：「水善利萬物而不爭。」認為水有許多功用，卻自願處於低位，就像謙虛的人。孔子說：「歲寒，然後知松柏之後凋也。」認為松柏即使在寒冷的天氣也能保持翠綠，就像是遭遇困境也能堅守節操的君子。大自然中有許多事物值得我們學習。底下是五種常見的事物，請從中選擇一種事物，說出它有什麼品德是值得我們學習的，並鋪陳為一篇文章。文長約三百字。

寫作材料：一、太陽　二、高山　三、風　四、河流　五、雲

範文

大自然中值得學習的事物——大自然題材寫作

◎論說文

例一（太陽）

要說世界上最無私的事物，莫過於太陽了。無論是誰，只要願意走到太陽下，它都願意給他光亮與溫暖。

雖說世界上總有太陽照不到的地方，但是它不斷的探尋可能的路徑，即使是一扇窗戶或一絲門縫，它也要進去，儘可能把自己的光和熱帶給需要的人。

太陽的偉大還不只如此。它融化冰冷，為大地帶來生機。植物因為它而行光合作用。茂盛的植物成了動物的食物，動物與植物又成了人類的食物。就這樣，它又養活了無數的人們。

真正偉大的事物總是謙退的。太陽從不高聲宣揚自己的功績，它只是努力釋放自己的光和熱，就足以讓人不敢逼視。即使偶而有烏雲試圖去遮蔽它的光亮，它只是默默的等著烏雲散去，既不憤怒，也不悲傷。太陽的品德值得國家的領導者加以效法。

例二（高山）

許多人知道，山下的植物數量多，越往山上，植物越少。

有人說：「這是高山的品德。」怎麼說呢？因為人世間的情形正好相反。自古以來，地位越高的人，擁有的越多。百姓吃的是粗茶淡飯，皇帝吃的卻是山珍海味。百姓穿的是粗布短衣，皇帝穿的則是錦衣華服。

在專制時代如此，在民主社會也是如此。百姓吃一餐頂多上百塊錢，大官們吃一頓動輒上萬元。百姓出門時，以公車代步，大官出門時，則是成隊的黑頭大車。

這些地位高的人，固然有著豐厚的物質享受，人們卻瞧不起他們。因為他們吃的用的都是百姓的錢。少了為民服務的作為，他們與巧取豪奪的盜賊何異？

世上最令人崇仰的是高山。山越高，擁有的植物越少。在人世間，地位越高，欲望也應該越少，這是高山告訴我們的。

例三（風）

有一隻老鼠想為女兒找一個世上最強壯的丈夫。牠首先想到了太陽。沒想到一片雲飄來，遮住了陽光。然而，雲卻被風吹散了。風來到一堵牆的前面時被擋住了，老鼠又以為牆比風還強壯。這時，另一隻老鼠挖了個牆洞，探出頭來。這隻老鼠開心的想：「原來老鼠才是世上最強壯的。」

且慢！請把場景倒帶到風被牆擋住的那一幕。牆真的擋得住風嗎？每年颱風來時，各處房屋總會被吹得東倒西歪，區區一堵牆，哪裡是它的敵手？

然而，即使被牆擋住，風也不會生氣的加強力道，非把牆吹倒不可。風只是一如往常的吹著，該大就大，該小就小，該前進就前進，該停止就停止。它總是走該走的路，碰上了牆，也不會取巧的改變方向。

不恃強，不取巧，若以人為譬喻，風該是謹守道德的君子吧！

（曾家麒）

看清題目

題目雖是「大自然中值得學習的事物」，但強調的是抽象的道理，而不是具體的科技。例如：從鯊魚的生理結構中研究出功能強大的泳裝，或是由蜻蜓的翅膀中研究出機翼的造型，雖然也是向大自然學習，卻與命題的方向不相符合。

左右取材

在取材上，由於這類名句極多，極容易陷入空洞的陳腔濫調中，所以引用名言不見得是最好的做法，應該發揮想像，從常見的事物取材，加以聯想，才能寫出與眾不同的文章，即使引用名言，也可以加以翻案。例如：竹節的中空，可以說是虛心，也可以說是胸中沒有實學。

老師叮嚀

自然界的萬事萬物各有其特性，許多人從中聯想到做人做事的抽象道理，除了題目中老子所說的：「水善利萬物而不爭。」孔子說的：「歲寒，然後知松柏之後凋也。」，如白居易的：「水能性淡為吾友，竹解虛心是我師。」荀子的：「螣蛇無足而飛，梧鼠五技而窮。」等，都是從自然界的事物聯想到人世間的道理，因為合情合理，所以成為千古傳頌的名句。

摩拳擦掌好實力

【字形挑戰】

1. 母狗用舌頭ㄊㄧㄢˇ（　　）著小狗的畫面，融ㄑㄧㄚˋ（　　）的家庭氣氛令人羨慕極了。

答案 舔、洽

【語詞挑戰】

接龍

・消費

答案 消費→費用→用餐→餐飲→飲食

挑錯

・校長派陳老師到外國調察升學問題，並關摩外國老師的教學方式。

答案 調察→調查　關摩→觀摩

【句子挑戰】

裁句

・凡事都要自己親身去體會，才能獲得到最真切的經驗。

答案 凡事都要自己親身去體會，才能獲得到最真切的經驗。

續句

・尊重客人的需要、想法、喜好……

答案 尊重客人的需要、想法、喜好，從他們的角度上來思考，提供服務，如此才能門庭若市、財源廣進。

題目

請閱讀下列的故事：

〈綿羊開店〉

綿羊開了家理髮店，第一個上門的顧客是刺蝟。綿羊給牠燙了一個跟自己一樣的捲髮，刺蝟氣壞了，因為牠的頭髮是防禦武器，這下可沒用了。

綿羊的理髮店再也沒顧客敢上門，牠只好改開縫紉店，第一個照顧生意的是烏鴉。綿羊給它縫了跟自己一樣的白衣服。但是烏鴉的家族從來就忌諱白色，結果綿羊被告「惡意傷害」，縫紉店的生意當然又做不下去了。

屢敗屢戰的綿羊接著又開了家飲食店，狐狸是第一位顧客，綿羊給了牠做了份自己愛吃的炒青菜。問題是狐狸從不吃青菜，後果不難預料，飲食店最終還是關門大吉。

請你想想，這個寓言故事中的主角綿羊，為什麼開店總是無法成功呢？牠應該要了解怎樣的道理呢？請自訂題目，以你所體悟的道理當作文章主旨，寫一篇約六百字的論說文。

範文
以客為尊，為人著想——寓言判讀寫作
◎論說文

這個寓言故事中的綿羊，第一次開理髮店時把刺蝟的刺燙捲了，結果沒有顧客敢再上門。第二次開縫紉店時居然幫烏鴉做了身白色衣服，被告，以致生意做不下去。到了第三次開飲食店時，牠還是沒有學到教訓，竟然給不吃青菜的狐狸一盤炒青菜，最後飲食店關門大吉。整個故事看起來很好笑，但是我們知道，綿羊的問題出在牠僅僅以自己的理解和需要來服務客人，即使表現得再拿手、再完美，但只要無法滿足顧客的需要，生意就一定做不下去。綿羊應該要了解的道理，就是「以客為尊，為人著想」。

這讓我想到另一個寓言故事：狐狸和鸛鳥原是好朋友。有一天，狐狸請鸛鳥到牠家吃飯，不料端出來的菜都是用大盤子裝的。鸛鳥的嘴巴又尖又長，根本吃不到東西，只好望著盤子乾瞪眼。而一旁的狐狸卻津津有味的把盤裡的美食舔得一乾二淨。鸛鳥心中非常生氣，於是牠回請狐狸到牠家吃飯。晚飯端出來時，狐狸一看傻了眼，美味的食物都用一個個細長頸的高瓶子裝著，只有鸛鳥又尖又長的嘴巴吃得到。但狐狸的嘴巴大而短，根本沒辦法吃到東西，只好餓著肚子回家。

當然故事中的狐狸和鸛鳥，是故意互相捉弄對方的，不過這個故事強調的也是「以客為尊，為人著想」的道理。假如狐狸請客時為鸛鳥準備細長頸的高瓶子，而鸛鳥回請時則為狐狸準備大盤子，他們就能和諧融洽，賓主盡歡，兩個好朋友就不會反目成仇了。

開店做生意，要將「以客為尊，為人著想」的道理當作最高指導原則，實際的作法，則是可以透過市場調查，掌握目前市場上顧客的真正需要。也可以先到生意興隆的店家去觀摩消費，從顧客的角度，親身體會消費者對於服務的心理需求。總之，尊重客人的需要、想法、喜好，從他們的角度上來思考，提供服務，如此一來，門庭若市、財源廣進的日子，就離你不遠了。

（陳秉貞）

生花妙筆好輕鬆

看清題目

本文有底下三個要求，撰寫文章時不可欠缺：

一、主角綿羊為什麼開店總是無法成功呢？

二、牠應該要了解怎樣的道理呢？

三、請自訂題目，寫一篇約六百字的論說文。

左右取材

如果只寫出所體悟的道理，字數恐怕無法達到六百字的要求，此時可再舉第二例，寓言例或本身例皆可，只要舉例符合體悟的道理即可。本文就舉了「狐狸和鸛鳥」的請客寓言，再次印證「以客為尊，為人著想」的道理

老師叮嚀

體悟之道理要明確，且要站得住腳。末段可寫出這道理對我的影響或改變，讓寓言和生活結合，文章就更能親近人。

摩拳擦掌好實力

【字形挑戰】

1. 他對蒐集各式古董時ㄓㄨㄥ（　　），情有獨ㄓㄨㄥ（　　）。

答案　鐘、鍾

【語詞挑戰】

注音

1. 心情「沮喪」（　　）
2. 左右搖「晃」（　　）。

答案　1. ㄐㄩˇ ㄙㄤˋ　2. ㄏㄨㄤˋ

接龍

・無所適從

答案　無所適從→從心所欲→欲罷不能→能屈能伸

【句子挑戰】

裁句

・嘗試著用心於每一個現在當下，專心安步當車的走路、專心吃飯、專心去愛愛情。

答案　嘗試著用心於每一個現在當下，專心安步當車的走路、專心吃飯、專心去愛愛情。

換個角度說

請將以下第一人稱的句子，改成第三人稱。

・現在我必須好好思考一下才能回答你。（第一人稱）

答案　現在他必須好好思考一下才能回答你。（第三人稱）

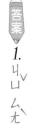

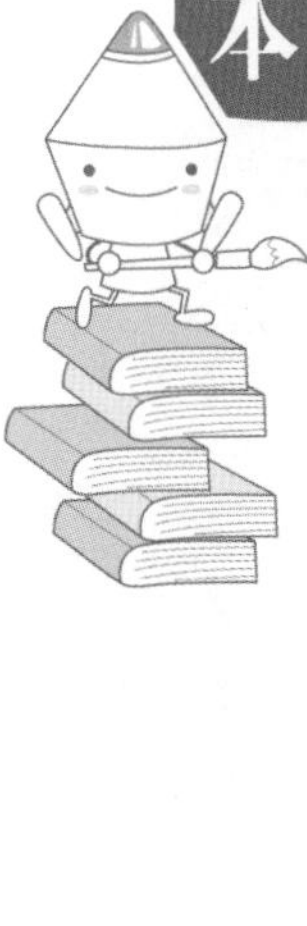

題目

有一隻皮色鮮綠的青蛙哲學家，看到一隻褐色蜈蚣在走路前進，牠無法理解的想著：用四隻腳走路已經夠麻煩的了，蜈蚣是如何用一百隻腳在走路的呢？牠怎麼知道該是那隻腳先走？那隻腳後走？接下來又是哪一隻呢？

於是牠鼓起勇氣叫住了蜈蚣，並且把自己內心的疑問告訴蜈蚣。

蜈蚣回答說：「我經常不斷的在走路，但從未想過這個問題，現在我必須好好思考一下才能回答你。」蜈蚣站在那兒好幾分鐘，最後牠發現自己動不了了，左右搖晃了一會兒，然後牠倒下了來，牠沮喪的告訴青蛙：「請你千萬不要再去問其牠蜈蚣同樣的問題，我已經無法控制自己的腳了！」

星星不需要看地圖就能依照圓行的軌道在運行，如果給他們圓規和尺，說不定他們反而不知該何去何從，甚至會迷路。一個人如果對自己的生命沒有信心，結果將與青蛙在蜈蚣身上所造成的影響是相同的，一樣的無所適從，不知該怎麼辦。

試著去用心於每一個我們所處的當下，專心的走路、專心的吃飯、專心的愛，平靜、喜樂自會油然而生！

以上這篇文章，請將它縮寫成三百字以內的散文，必須抄題。

範文

用心於每一個當下——親愛的，我把文章變短了！——文章縮寫

◎記敘兼論說文

例一

青蛙看到蜈蚣在走路，牠想：用四隻腳走路已經夠麻煩的了，蜈蚣是如何用一百隻腳走路的呢？牠怎麼知道該是那隻腳先走？那隻腳後走？接下來又是哪一隻呢？

牠叫住了蜈蚣，說出自己的疑問。

蜈蚣說：「我經常走路，但沒想過這個問題，現在我要好好想一下再回答你。」

蜈蚣站在那兒好久，牠發現自己動不了了，搖晃了一會兒，倒下來，告訴青蛙：「請不要再問其牠蜈蚣同樣的問題，我已經無法控制自己的腳了！」

星星不須看地圖就能依照圓行的軌道運行，如果給他們圓規和尺，說不定他們反而會迷路。人若對自己沒有信心，結果將與蜈蚣一樣：無所適從。

試著用心於每一個當下，專心走路、專心吃飯、專心去愛，平靜、喜樂自會油然而生！

例二

青蛙遇到蜈蚣，問：「你是怎樣用一百隻腳走路的呢？你怎麼知道該是那隻腳

先走？那隻腳後走？接下來又是哪一隻呢？」

蜈蚣說：「這個問題我沒想過，等我想清楚了，再告訴你。」蜈蚣想了很久，終於全身僵硬動不了，搖晃了一會兒便倒下來，哀求青蛙說：「拜託你千萬別再問其牠蜈蚣同樣的問題，我的腳已經不聽話了！」

何必想這麼多？努力的在當下生活就對了！星星不須看地圖就能依照圓行的軌道運行，他們從來不會迷路。人若對自己日常所行沒有信心，結果將與蜈蚣一樣：動彈不得。

試著用心於每一個當下，專心走路、專心吃飯、專心……，平靜、喜樂自會油然而生！

（潘麗珠）

看清題目

「縮寫」就是根據所提供的材料，在不改變基本內容和中心思想的條件下，按照一定要求，將文章縮短的一種寫作方式。考驗的是寫作者摘錄重點，分辨主要材料與次要材料的能力。

左右取材

文章內容不但不需要加油添醋，而且最好剪枝裁葉，只要保留文章的主要情節和中心要旨。部分文句扼要說明或簡單帶過即可，也可酌用原句，但是文章的主題思想仍應保留，形容詞或修辭技巧則可以省略。

老師叮嚀

雖然是縮寫，但是「麻雀雖小，五臟俱全」，重點要掌握外，行文仍應流暢，避免刀削斧鑿的痕跡嚴重，造成結構零碎的弊病，讓人不知所云。

摩拳擦掌好實力

【字形挑戰】

1. 因為ㄐㄧㄥˋ（　　）爭激烈，每位應徵者都戰戰ㄐㄧㄥㄐㄧㄥ（　　），不敢大意。

答案 競、兢兢

【語詞挑戰】

注音

1. 排山「倒」海（　　）
2. 「劃」（　　）破長空
3. 全身「顫」（　　）抖

答案 1. ㄉㄠˇ　2. ㄏㄨㄚˋ　3. ㄓㄢˋ

配對

・同義詞配對

1. 理想　2. 激勵　3. 準備

A 鼓舞　B 預備　C 抱負

答案 1. C　2. A　3. B

【句子挑戰】

增句

・月亮斜落，烏鴉高聲啼叫。

答案 夜深了，月亮斜落，烏鴉高聲啼叫，尖銳的聲音劃破了滿天的霜冷寒意。

短句合作

太短的句子有時會顯得零碎，所以請把以下文句合成一句，讓句子更加流暢。

・我下定決心要讓自己減壓。
・我決定到風光明媚的杭州旅遊。

答案 我決定讓自己減壓，到風光明媚的杭州旅遊。

仿寫作文好範本

題目

月落烏啼霜滿天，江楓漁火對愁眠，
姑蘇城外寒山寺，夜半鐘聲到客船。

唐朝詩人張繼在寫「楓橋夜泊」這首詩時，正是科舉考試落第，人生不如意的時候，夜半傳來的鐘聲讓他幡然醒悟重新振作，終於考取科舉。人生難免有失意挫折，請你把自己當成詩人張繼，以此為題發揮，鼓舞失意的人重拾信心。

範文

我與「楓橋夜泊」——唐詩的擴寫

◎抒情文

我是張繼，跟大多數的考生一樣，戰戰兢兢的準備著考試。如果考上了金榜題名，我就可以實現我的理想與願望，進入朝廷當官。以現在來說就是進入公家機關為民服務啦！我為這場考試準備了很久，但沒想到最後公布的結果，竟然沒有錄取，這種落榜的滋味真是不好受，我們那個年代的考試，只要考上就會名揚天下，春風得意，但要是榜上無名，壓力卻是如排山倒海一樣，讓人喘不過氣來。

我決定讓自己減壓，於是就到風光明媚的江南地區旅遊，想要藉著四處遊山玩水放鬆自己的心情。我坐船來到蘇州這個地方，心情不好的人看什麼都不對勁，我搭乘的船隻停在江邊，夜晚時分，月亮斜落，烏鴉的啼叫聲劃破長空，滿天霜冷帶著寒意。天冷，我的心也跟著顫抖，江邊的楓樹與船上的燈火相互對應就像是發愁似的長夜無眠。好吧，我持承認其實發愁的人是我，跟江楓漁火一點關連都沒有。

本來以為旅遊可以放鬆心情，怎知道隨著天色越來越晚，我的心情也跟著越來越沉重，不過就在這個時候，我聽見蘇州姑蘇城外的寒山寺夜半敲響的幽遠的鐘聲，一聲接著一聲傳到我所停留的船上，陪伴著因愁而失眠的我。寒山寺的鐘聲把我敲醒，一時的失意算得了什麼，失敗了還可以再來啊，如果認為失敗，就一直意志消沉下去，那我就永遠失敗了。感謝這夜裡的鐘聲讓我昏沉沉的腦袋變得清醒，不過你可千萬別學我，半夜不睡覺卻獨自在江邊胡思亂想，風很大，還有點冷呢！

最後，我又重新再去考試當重考生去了，我很順利的考上科舉考試，完成了自己的夢想，你也不要輕言放棄，不要怕挫折，把挫折當成一種激勵的力量，相信你會找到你的人生方向，迎向每個充滿希望的日子。

（余遠炫）

生花妙筆好輕鬆

看清題目

這個題目一方面屬於唐詩的擴寫，一方面也是考驗「角色互換」的想像性題材。題目的重點在於「把自己當成詩人張繼」，而且內容要「鼓舞失意的人重拾信心」。

左右取材

寫作時不需添加太多其他的文材，重點是細細品味詩中情境，並且設想張繼科舉考試落榜的心情，融情入景。因為題目要求「鼓舞失意的人重拾信心」，所以除了落寞失望的情緒，必須要有想法或心境的轉換，寫出面對挫折也不灰心喪志，把挫折當成激勵的力量，樂觀面對的豁達人生觀。

老師叮嚀

寫作時務必細讀題目，掌握題目的要求，才能避免偏題。例如：本文要以「詩人張繼」的角色入文，就不要出現寫作者的真實身分，但是若能以現代的情境重新詮釋古詩，倒是能賦予古詩新的生命力，不妨嘗試看看。

摩拳擦掌好實力

【字形挑戰】

1. 憔ㄘㄨㄟˋ（　　）的士ㄗㄨˊ（　　）為捍衛國家而鞠躬盡ㄘㄨㄟˋ（　　）。

答案 悴、卒、瘁

【語詞挑戰】

注音
1. 哀「悽」（　　）的哭聲
2. 「緘」（　　）默不語

答案 1. ㄑㄧ　2. ㄐㄧㄢ

配對
・同義詞配對

1. 襯托　2. 緘默　3. 倉促

A 匆忙　B 沉默　C 映襯

答案 1. C　2. B　3. A

接龍
・迴響

答案 迴響→響聲→聲勢→勢力

【句子挑戰】

仿句
・在悲傷的哭聲中。

答案 在歡樂的笑聲中。

續句
・我知道我會隨著歲月……

答案 我知道我會隨著歲月逐漸成長，朝夢想前進。

題目

紙張是學生不可或缺的學習夥伴，而「再生紙」的推廣，近年來更在全世界引起廣大的迴響。「再生紙」指的是廢棄的紙張，經回收、散漿、脫墨、洗滌等回收過程後，再製成的紙；紙張在生命樣貌的轉變過程中，就像悲欣交集的人生，可能看盡了人情冷暖，可能參與了許多生命的繁華與落寞，請以〈再生紙的心事〉為題，用「再生紙」的角度，寫出紙張可能有的心情故事，文長約八百字。

範文

再生紙的心事——擬人化寫作

◎抒情文

悠悠醒轉，我一身素白純淨，靜靜的躺在桌上，在哀悽的哭聲中，我好奇的睜眼四望：白衣、白幔、白蓮花，場景竟然是一場告別式。照片中華年早逝的企業家英姿煥發，據說因受不了壓力而倉卒結束生命，令人疑惑：人世間究竟有什麼不能過的難關，竟要以死為選項？我冷眼看著家屬的眼淚和川流不息的賓客，無從選擇，做為一張紙，我的「誕生」卻是他人的「死亡」。

忽然被拿起，我硬生生吞進了一疊鈔票，還沒適應這種嗆鼻的臭味，另一人又從我口裡掏出鈔票，然後我就被丟進一個漆黑的牛皮紙袋中，外面傳來耳語：「說什麼上市公司大老闆，禮金包得那麼小器！」原來這裡是收禮金的櫃檯，彎腰答謝後的評論，才是現實的人生。牛皮紙袋內還有許多跟我形式一樣的素白信封，大家都緘默不語，我想，這應該是我的末日了吧！

數天之後，我們被裝箱載上垃圾車，進入回收場，開始再生紙的加工過程，猛烈傾軋下，我失去了意識，只感覺不停的被翻攪，身軀四分五裂，沒有一寸是完整的，一下是大水澆灌，一會兒是熱火烘乾，忽冷忽熱，飽受折磨，只能暗自祈禱：我的下一段旅程將受善待。但是我將以何面貌出現？我的歸宿又在何方？都是茫然不可知的疑問。

終於，我又被封裝上車，重見天日之時，也是一個喧鬧的場合，不同的是：紅衣、紅幔、紅牡丹，這是一個婚禮宴客的餐廳，因為新郎、新娘都在環保基金會服務，所以會場中所有的用紙都是再生製造的。我一身豔紅，還描上燙金的囍字，成為傳遞祝福的喜帖，剛才新人敬酒時不小心滴下了一滴紅酒，酒漬在我身上微微的暈開成一圈粉紅，就好像是我歡喜的淚。我知道我將被珍藏在玫瑰香味的木匣中，和結婚照、謝卡、禮金簿等被妥善的收藏，成為佳偶的幸福紀念。

作為一張再生紙，也許我無緣成為解放黑奴的演講稿、改變越戰結果的相片用紙，或是合併東、西德的和平協議書，我卻可能在未來寫下新的歷史，而且我是幸運的，世界上的紙多如恆河沙數，我何德何能，卻可以再送進回收場，進一步加工成為再生紙。

我知道我會隨著歲月慢慢褪色，紙質會隨風逐漸脆裂，但是這輩子我已充分發揮了紙存在的價值；無從選擇，我的存在是為了襯托別人的悲歡，只能旁觀人情的冷暖，但我卻甘於扮演綠葉的角色，陪伴他人的故事至老。

（鄒依霖）

看清題目

審查〈再生紙的心事〉這樣的題目，有幾個要點要注意：一是描寫的文體應該是抒情文，二是描寫的角度應該採取第一人稱的角度，三是描寫的重心應該落在「再生」二字的意義。掌握這三個重點，才能表達文章題旨。

左右取材

因為是〈再生〉，所以描述的紙應該有「再生前」和「再生後」的區別，不妨就此二者的轉變，包括功能、外貌……等多加著墨，並就第一人稱的角度，寫出再生紙擬人化之後，內心可能有的喜怒哀樂，內容就會很豐富多采。

老師叮嚀

因為題目要求「用『再生紙』的角度，寫出紙張可能有的心情故事」，所以內容可以提出環境保護的相關議題，但是不適合長篇大論談環保，卻忽略了其中的「心情」，這是寫作時要特別注意的部分。

摩拳擦掌好實力

【字形挑戰】

1. 為了不ㄍㄨ（　　）負老師和家長的期盼，他一改ㄩㄥ（　　）懶的習性，開始認真念書了。

2. 嗜好不一定要奢ㄔˇ（　　），搜集各式各樣的書ㄑㄧㄢ（　　）就不用花大錢。

答案 1.辜、慵　2.侈、籤

【語詞挑戰】

接龍 ·綻放

答案 綻放→放榜→榜單→單位→位置

挑錯 ·他言語乏味，面目可增，沒有人願意頃聽他的故事。

答案 可增→可憎　頃聽→傾聽

添詞 ·（　　）的音樂

答案 輕柔（動人、悅耳）

【句子挑戰】

續句 ·日日與雅致君子們為友……

答案 日日與雅致君子們為友，和現代作家們併肩，品茗談心。

題目

以下是一個家庭會議：

爸爸：「我們決定要搬家了。這次找一個離捷運站近一點的地方，你們覺得如何呢？」

媽媽：「我想要一個附近有菜市場的，買東西比較方便。」

姊姊：「我要旁邊有很多家百貨公司的，週年慶搶購多快啊！」

哥哥：「附近有多一點書局或圖書館的吧！多看書有益增廣見聞。」

弟弟：「旁邊是遊樂場的，想坐雲霄飛車，一下就到了！」

祖母：「可以選安靜一點的地方嗎？家前面就有公園多好，早上還可以去做健康操呢！」

每個人喜歡的居家生活環境不同，你會選擇哪一種呢？請發揮想像力，以「我心目中的家園」為題，寫出你最嚮往的生活環境，文長約七百字。

我心目中的家園——閱讀人物對白寫作

◎抒情兼論說文

子曰：「里仁為美。」如果今天我可以選擇居住的地方的話，我願住在碧草如茵、鳥囀蟲鳴的地方；我願住在人人知書達禮、擁有文化素養的地方；我願我所居處之地，周圍有著植物園、書局及圖書館，那同時可以滋養我的靈魂之窗，以及培育我的人文精神。

試想，住宅附近有一個植物園，是多麼美好的事！四時變化的景色，不需要經過時令的提醒，便能從植物中一窺究竟。春天，杜鵑花爭相吐豔，搖撼了整個季節；夏天的荷花慵懶趴睡在池中，那不經意綻放的花朵，是她半睜半閉的星眸；秋天的楓紅美得令人心醉，帶回家製成書籤，如同帶回一箋詩意；冬天的梅花清寒傲骨，令人不由得吟起：「疏影橫斜水清淺，暗香浮動月黃昏」，彷彿沾染了梅花的香氣，自身也高雅了起來。住在植物園附近，大自然以極熱烈的歡呼聲迎你，你又怎忍心辜負這四時美景呢？

而住家附近，如果有圖書館、書局作伴的話，那更是多麼奢侈的事！不需要刻意住在高級住宅區，便能日日與雅致君子們為友，和現代作家們併肩，品茗談心。圖書館每每使我心情清澄寧靜，一排排的書籍們，溫柔嫻靜的端坐在那裡，只要你願意佇足，並深情的凝睇，她們便願意向你傾訴，娓娓道來，字字珠璣。古人云：

「三日不讀書，便覺言語乏味，面目可憎。」由此可以得知，住在由圖書館及眾多書店所培養出來的居民們，必是溫柔敦厚，令人觀之可親。孟母三遷，最後所定居之處，必也是注重教育及閱讀習慣的地方吧！

我心目中的家園，是能擁有以上環境的地方。我願悠遊於其間，回家時經過植物園，一路撿拾清脆的鳥聲，裁一片晚霞回家；回家後放輕柔的音樂，煮上一壺好茶，就著窗外清涼的微風，讀著買來或借來的書籍，充實自己的內在生活，與作家及自我做深層的對話。苟能如此，夫復何求？

（張玉明）

看清題目

「我心目中的家園」是「我心目中理想的家園」省略，它省略了「理想」二字。除了描述理想的家園外，更要說明理由。

左右取材

可單從自己的需求出發，如本文就是以個人喜歡的「圖書館」和「植物園」為素材。也可照應全家人的需求，寫出這個家園既符合媽媽的菜市場，又符合爸爸的捷運，又……。

兩者各有優點，前者有具焦性，後者層面廣。只要筆力深厚，兩者都是好素材。

老師叮嚀

寫完理想的家園後，末段可簡單提及達成這目標的作法。再用「我會努力照著步驟，完成我的理想家園」等類似自我期許作結。

摩拳擦掌好實力

【字形挑戰】

1 「懶ㄉㄨㄛˋ（　　）造成肥胖，肥胖招來疾病。」我們要警ㄊㄧˋ（　　）自己好好控制體重。

2 減肥前，我的衣ㄍㄨㄟˋ（　　）裡頭都是寬ㄙㄨㄥ（　　）的衣服。

答案 1.惰、惕　2.櫃、鬆

【語詞挑戰】

接龍
・分享

答案 分享→享受→受罪→罪犯→犯錯

添詞
・露出（　　）的笑容

答案 得意（欣慰、欣喜、燦爛）

【句子挑戰】

仿句
・說的人眉飛色舞，聽的人如痴如醉。

答案 台上的老師講得口沫橫飛，台下的學生睡得東倒西歪。

續句
・「胖是健康的殺手，懶是肥胖的來源。」……

答案 「胖是健康的殺手，懶是肥胖的來源。」每每看到游泳池畔這則警告標語，就讓我怵目驚心，連最愛的珍珠奶茶都不敢喝了。

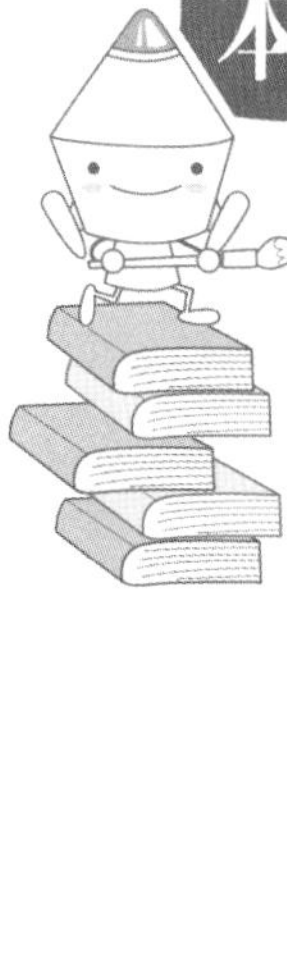

題目

「到了！到了！」山友在前面興奮的對著天空嘶喊。我加緊腳步，終於也登上玉山山頂。站在東亞第一高峰上，極目四望，一切都在腳下，顧盼自雄，唯我獨尊，成就感替代了上山的勞苦。

求職面試時，老闆得知我有這段經驗，判斷我是一個肯吃苦、有恆心的人，決定正式錄取；日後，更要我在會議上分享這件得意事，希望其他員工能向我看齊。

至今，每提及玉山，我還是會津津樂道的分享這件攻頂的得意事呢！

攀登玉山實在是一件值得驕傲的事，是的，得意事總是令人一再回味，有人減肥成功，高興的和他人分享經驗；有人比賽得名，對自己能力更加肯定；有人泳渡日月潭……；有人單車環島……你也有得意事的嗎？請以「最得意的一件事」為題，寫出此事的經過、影響和感受。文長約六〇〇字。

範文

最得意的一件事——自身經驗寫作

◎記敘文

「胖是健康的殺手，懶是肥胖的來源。」貼在游泳池畔的警告標語，令人怵目驚心。然而，正是因為它而讓我下定決心減肥，由「宅男」迅速脫胎換骨成「型男」。至今，每提及減肥這件得意事，就讓我興奮不已。

小學時，我對蛋糕、巧克力來者不拒，只要打打球，就將卡路里消化了；上了國中，整日坐在書前拚基測，疏於運動的結果，就漸漸成為小「腹」翁了。特別是國三那年，每天只有讀書、吃飯、睡覺三件事，體重不知不覺狂飆，各種疾病也悄悄找上身，醫生鄭重要求我減肥。

那日，為了求得心安，我來到游泳池畔，就在更衣室裡撞見這標語，我嘴巴反覆默唸著。「啊！我的標準體重應是六十九公斤。」當看到標語旁邊的「標準身高體重表」時，我沉思許久，突然靈光乍現：「舜，何人也；禹，何人也；有為者亦若是。減去十二公斤應該不難。」當下我決定振作，不讓身材繼續走樣。

從此，平淡無味的白開水替代我最喜愛的珍珠奶茶，紅豆餅等零嘴點心更是不敢碰觸。每日定時量秤體重，並做紀錄警惕自己。放學後不再黏在沙發椅上看電視，而改以游泳。飲食、運動雙管齊下，我的身材有了驚人的變化。不到半年，我就達到目標，加入「有為者」的會員了。

「哇！你真是有型。」「啊！你的體格好健壯。」我最喜歡聽到別人發出這樣的驚嘆聲了。朋友羨慕之餘，偶而有人想「見賢思齊」，我當然樂於分享經驗。「減肥經」一開講，說的人眉飛色舞，聽的人如痴如醉，並不時發出「有恆心」「好方法」等讚美聲。

打開衣櫃，減肥前的寬鬆褲子已經被我丟棄一旁，摸摸減肥後新買的合身上衣，我不禁對減肥這件事，再次露出得意的笑容，心想：「這麼艱鉅的任務我都能完成了，天下還有啥事辦不到呢？」

（施教麟）

看清題目

明確的寫出「最得意的一件事」，此事要健康積極，給讀者正面的啟示。若是偷雞摸狗等違法之事，縱然僥倖成功而得意，也不宜入題。

左右取材

每張獎狀都有著一件得意的故事，同學可由獎狀取材。舉凡學校的「考試」、「運動」等競賽都是很好的素材。除此，若有與眾不同的特殊經驗，則更能吸引人，如本文的減肥案例。所下的苦功越大，得意的指數就越高，讀者的震撼也會越大。取材時，要考慮到此點。

老師叮嚀

適當運用名句，有時可以提升文章份量，有時可以借力使力，以幽默方式呈現，本文「有為者亦若是」一語即是。描述事件過程節奏要快，不可拖泥帶水，本文描述減肥過程就非常乾淨俐落。

摩拳擦掌好實力

【字形挑戰】

1. 對於這次ㄑㄧˊ（　　）待已久的換座位，結果卻令我ㄩˋ（　　）哭無淚啊！

2. 那位轉學生上課ㄘㄨㄥˊ（　　）不聽講，一會兒ㄙㄠ ㄙㄠ（　　）頭、一會兒ㄒㄧㄥˇ（　　）鼻ㄊㄧˋ（　　），一會兒又轉過頭，找人ㄌㄧㄠˊ（　　）天。

答案 1. 期、欲　2. 從、搔搔、省、涕、聊

【語詞挑戰】

注音

1.「挑」（　　）眉毛

2. 干「擾」（　　）

答案 1. ㄊㄧㄠˇ　2. ㄖㄠˇ

配對

・詞義配對

1. 不勝枚舉　2. 首當其衝　3. 目瞪口呆

A. 首先受到攻擊或是遭遇災難。

B. 形容數量非常多的樣子。

C. 受到驚嚇而導致神情呆滯。

答案 1.(B)；2.(A)；3.(C)

【句子挑戰】

裁句

・對於他的惡形惡狀，我早就已經忍無可忍到無法忍耐了。

答案 對於他的惡形惡狀，我早就已經忍無可忍到無法忍耐了。

題目

阿國已經忍無可忍了！他座位左邊的那位同學阿齊，每天上課時不是在睡覺，就是東摸西摸，一直要找阿國講話，也不管別人是不是要聽課。阿齊通常都不帶課本，不寫作業，要是被老師催急了，就不經阿國同意，把他的作業本、講義拿去抄，害阿國好幾次都找不到自己的作業。阿齊還喜歡惡作劇，常常把阿國的東西拿走藏起來，讓阿國又急又氣。

終於老師宣布要換座位了，阿國滿心期待。沒想到，阿齊只是從他的左邊換到右邊而已，噩夢還要繼續……

請你幫阿國寫一封「陳情書」給老師，文長約七〇〇字。在這封陳情書裡，要讓老師了解阿齊真正的行為表現，也要提供可行的方式，幫助阿齊調整行為。當然，最主要的目的是要說服老師，讓阿國和阿齊不必再坐在隔壁囉！

範文

阿國的陳情書——陳情書寫作

親愛的老師：

對於這次換座位，我已經期待很久了，但沒想到阿齊同學居然只是從我的左邊換到右邊，真是令我欲哭無淚啊！

您不知道，阿齊的日常行為表現有多誇張，坐在他左邊的我總是首當其衝。我印象最深的是有一次交作文，隔天，國文老師就約談我和阿齊。老師拿阿齊的作文本給我看，我當場目瞪口呆，因為他那篇作文，除了「爸爸」改成「媽媽」，「姊姊」變成「哥哥」外，其他情節、對話與我的幾乎一模一樣。國文老師嚴厲的責問我們到底是誰抄誰，我根本不知怎麼回答，這時阿齊居然一派輕鬆的承認，是他「借」我的作業去「參考」了一下，只不過「忘記」告訴我而已。

後來，我很生氣的告訴阿齊不准再這樣做，他卻拍拍我的肩膀，笑著說：「大家鄰居一場，別這樣嘛！下次我會抄得更有技巧一點的，絕對不會讓你再被老師罵……」說完，還對我挑挑眉。我的天啊！難道我得要將書包和抽屜上鎖才行嗎？

除此之外，阿齊同學上課從不聽講，老是以借文具、課本為藉口，找機會跟我說話。假如我不理他，他就發出各種奇怪的聲音，一直鬧我。鬧得我心神不寧，根本沒有辦法專心聽老師上課。還有，像偷吃我便當、隨便拿我的東西去用的事，更是不勝枚舉。我也試過好言相勸，但他只是吊兒郎當的把手一揮說：「唉呀！你們這些好學生就是太緊繃了！放輕鬆！放——輕——鬆——。」

我實在很想跟他保持距離，本以為這一切的苦難，到這次換位子後就會結束，沒想到，期待破滅……我知道現在提出重新調整座位的要求，一定會讓老師很為難，而且我也不想「陷害」其他同學，因為阿齊不管換到哪一個座位，都會干擾其他人。所以，建議老師幫阿齊安排一個「特別座」，讓他「冷靜」一下。這樣不論是對他、對班上同學，或對任課老師來說，都是好事。再次誠摯的請求老師，幫助我達成這個小小的心願吧！

學生　陳正國敬上

○○年○月○○日

（陳秉貞）

看清題目

這是一篇情境式作文。題目中先預設了一種狀況，由寫作者發揮想像力，依題目中的狀況進行創作。這個題目設定的情境是：某個學生因為受不了隔壁同學的搔擾，因而向老師請求更換座位。

左右取材

本題要求以「陳情書」的形式寫成。「書」就是書信，所以在寫作上必須符合書信的寫作格式。正式書信的格式包括：稱謂、提稱語、啟事敬詞、開頭應酬語、正文、結尾應酬語、結尾敬語、問候語、自稱、署名敬詞、時間等，現代書信的寫作格式可以較為簡略，但仍保留稱謂、問候語、署名敬詞、時間，格式才算完整。

在寫作上，本文應盡快入題，不宜以過多的應酬語擾亂文章意旨，在措詞上，應認清彼此的身分，重視禮貌。雖是批評同學，也不可流於人身攻擊。既是陳情，就應該詳細述明發生的一切狀況，自己的感受與處境，如此才能達到陳情的目標。

老師叮嚀

應考時遇到這類題目，還須留意人名。萬萬不可出現題目中未出現的人名，以免誤犯考試規則。

摩拳擦掌好實力

【字形挑戰】

1. 父親對我提出的無ㄌㄧˋ（　　）要求，非常ㄈㄣˋ（　　）怒，臉色鐵ㄑㄧㄥ（　　）的ㄉㄥˋ（　　）著我。
2. 我天天為父親按ㄇㄛˊ（　　）、ㄔㄨㄟˊ（　　）肩、ㄉㄠˋ（　　）茶水。

答案　*1.* 理、憤、青、瞪
　　　2. 摩、捶、倒

【語詞挑戰】

配對

・同義詞配對

1. 規矩　*2.* 斷然　*3.* 萬不得已

A 決然　B 出於無奈　C 法則

答案　*1.* C　*2.* A　*3.* B

添詞

・面對艱困的（　　）。

答案　挑戰（任務）

・當我正想放棄時，事情竟然有了（　　）。

答案　轉機

【句子挑戰】

長短自如

適當的修飾文句可以讓句子的內容更加豐富，請利用修飾的詞語把句子加長。

・我很緊張。

答案　我緊張到手心冒汗。

・那裡有一個小女孩。

答案　那裡有一個天真活潑的小女孩。

仿寫作文好範本

題目

照片中的小女孩想要把一個比她大上許多倍的陀螺搬回家，看來這真是個「不可能的任務」。從小到大，你應該也遇過不少次艱難甚至於不可能的任務，也許是搬一個看起來很重的東西，也許是讀一本看起來很難的書本，也許是說服別人去做一件他堅決反對的事情……。當你面對這類「不可能的任務」，你是直接放棄嘗試？還是無論如何先試試看再說？請你從個人具體的生活經驗出發，以「挑戰」為題，寫一篇文章。文長不限。

範文

挑戰——自身經驗寫作

◎記敘文

對我而言，這輩子最大的挑戰莫過於求父親為我買一輛腳踏車。父親是那種節省到「一個錢打二十四個結」的人，若非萬不得已，我是絕對不會開口求他的。可是，那次情況不同。

上了高中以後，我每天都得走很遠的路到學校，於是我對母親說：「媽！可以買輛腳踏車給我嗎？」母親搖搖頭，說：「買腳踏車是筆大錢。向爸爸要吧！」

小錢由母親負責，大錢由父親負責，這是家裡的規矩。可是，在我的印象中，家裡從沒花過大錢。換句話說，我從來就沒見過父親拿錢出來，現在要求他買腳踏車，被拒絕是理所當然的。果然，他斷然的拒絕了我的要求。我說：「如果我這次段考能夠考到第一名，你能夠買腳踏車給我當禮物嗎？」父親說：「成績好不好是你自己的事，和我沒有關係。」

雖然一再被拒絕，但我依然不肯死心，繼續央求他：「那我幫忙做家事，好嗎？」父親隨口應了一聲：「好！」。

一個月以後，我問父親：「我已經做了一個月的家事，可以買腳踏車給我了嗎？」父親冷冷的說：「我有答應你嗎？」我說：「可是，你不是答應……」父親打斷我的話：「是啊！我是答應你幫忙做家事，可是我沒答應要買腳踏車。」我很生氣的說：「那我以後不幫忙做家事了。」父親說：「那也由你。反正你做家事只是為了腳踏車。達到目的以後，你就不會再幫忙了。你想要腳踏車，就要拿出真正的誠意來。」

聽了父親的話，我開始每天幫父親拿拖鞋、倒茶水，甚至不時幫他按摩、捶肩，不過他就是無動於衷。正當我想要放棄時，事情有了轉機。

那天，我一個人在家，突然接到了父親的電話：「我的東西忘在家裡，現在急著要用。你能幫我送來嗎？」聽見電話那頭的聲音有些焦急，於是我毫不遲疑的就答應了：「好！我馬上到！」。

走路到父親的公司大概要半個小時以上，我怕耽誤了父親的事，所以就一路跑到那兒。父親看著氣喘吁吁、汗流浹背的我，淡淡的說：「謝謝了！」

父親下班回家後，突然對我說：「我明天帶你去買腳踏車。」我愣了一下，說：「真的嗎？」父親點了點頭，說：「我可不是為了感謝你的幫忙。那是因為我知道你這次並不是為了腳踏車，而是真的想要幫助我。」原來，這就是父親所要教我的，只有「無所求」，才是真正的誠意。也只有真正的誠意，才能夠完成「不可能的任務」。

（曾家麒）

看清題目

題目中講明須「從個人具體的生活經驗出發」，所以在文體的選擇上，非記敘文不可，而且「個人具體的生活經驗」這句話也暗示了文章中應以作者自身經驗為主。

左右取材

在題目的說明中指出幾種挑戰：「搬一個看起來很重的東西」、「讀一本看起來很難的書本」、「說服別人去做一件他堅決反對的事情」。就第一種挑戰來看，這是體能方面的挑戰。除了搬重物以外，任何體能性的活動都可以列入這一種挑戰中，如跑步、跳高、游泳等。這類取材應強調堅持到底的決心。

就第二種挑戰而言，強調的是知識方面的挑戰，但是寫作時不能只是舉例而已，還須寫出閱讀的方式。換言之，這類取材應著重於正確的學習方法。

第三種挑戰更是常見。溝通是人際關係的基礎，寫作這類題材，除了強調堅持到底的決心外，更須寫出溝通的方式。少了前者，顯不出挑戰的難度；少了後者，就看不出寫作的重心。

老師叮嚀

不同的取材，決定不同的主旨，這是寫作時應格外注意的。

摩拳擦掌好實力

【字形挑戰】

1. 因為對人生迷ㄨㄤˇ（　　），他沉迷於ㄨㄤˇ（　　）路世界，忘記了自己的工作ㄍㄤ（　　）位。

答案 惘、網、崗

【語詞挑戰】

配對

・成語配對

1. 比喻做一件事，可以達到兩項目標。
2. 比喻經過很長的一段時間。
3. 形容事物繁多的樣子。

A. 林林總總
B. 一箭雙鵰（或一舉兩得）
C. 經年累月

答案 1.(B)；2.(C)；3.(A)

添詞

・逛街令人眼花（　　）、克制不住花錢的（　　），真是不好的休閒活動。

答案 撩亂、欲望（或衝動）

【句子挑戰】

短句合作

太短的句子有時會顯得零碎，所以請把以下文句合成一句，讓句子更加流暢。

・多喝白開水可以省錢。
・多喝白開水有益健康。

答案 多喝白開水不但可以省錢，還有益身體健康。

媽，這個月的零用錢呢？
什麼都漲，只有你爸爸的薪水不漲，所以你的零用錢減半。
買飲料、看電影、逛街的錢就不夠了，怎麼辦？
哈哈，對了！我可以……

仿寫作文好範本

題目

如果你是圖中那位零用錢被減半的國中生，你會如何開源節流呢？請你從個人具體的生活事例出發，詳細寫出身為家庭及學校的一份子，有什麼事是你可以從生活中做起，達到省錢的目的呢？文長不限，題目自訂。

省錢大作戰——以生活故事為題材的寫作

◎記敘文

經濟不景氣，對我而言本來是個空泛的名詞，沒想到今天竟然「親身體驗」到這個名詞真正的涵義。不過「兵來將擋，水來土掩」，相信只要痛下決心力行「省錢大作戰」，一樣能過得又好又節約。

首先，我要戒掉喝飲料的習慣。以前放學後，看到同學人手一杯又香又Q、濃郁誘人的珍奶，常常禁不住誘惑也跟著買一杯，一個月就花掉二〇〇至三〇〇元，實在是一筆不小的開銷。將喝飲料、買零食的錢全部省下來，多喝白開水，不但能看緊荷包，又能減肥瘦身、有益健康，實在是一箭雙鵰啊！

其次，我要改善打手機的習慣。以往總貪圖手機的方便，打電話和同學聊天，絲毫不心疼；逢年過節傳簡訊，動輒幾十人以上，經年累月下來，帳單實在驚人。現今網路發達，只要在家使用MSN或是即時通，不但達到聯絡感情的目的，還能用「聊天室」的功能多人共談、彼此交流，省時省事又只需支付網路的費用，實在相當划算。

再來，是娛樂支出的部分。放假時同學總喜歡相約去看電影，「神鬼奇航」、「神鬼傳奇」、「哈利波特」……等好萊塢大片，場場看下來，加上吃飯、買包包、買裝飾品、炸雞可樂……等費用，累積下來的金額實在可觀。既然現在需要省錢，這樣的娛樂方式就有改善的必要。想看電影可以和三五好友忍耐一陣子，等DVD出來之後再租來看；逛街令人眼花撩亂、克制不住花錢的欲望，就改成到公園走走或爬山，親近大自然，綠化我們的眼睛和心靈。住家附近如果有免費參觀的博物館或展覽，也可以趁假日時約朋友或家人去參觀，不但省錢，更能提昇我們的文化素養。一舉數得，豈不美哉！

最後，我仔細省思自己在這個家中，開銷最大的部分，其實是補習的費用。平日除了補英文、數學之外，假日還去補理化，常常補習回來，累到沒辦法完成學校的作業、洗個澡就去睡覺，成績也不見起色。如果在學校我能切實跟上老師的進度，回家紮實的複習、完成老師交代的作業，我其實不須要每科都補習。林林總總加起來，不過是觀念及習慣的改變，就能為家裡節省這麼多不必要的開支，為辛苦的父母分憂解勞。這是我的「省錢大作戰」，你的呢？

（張玉明）

看清題目

題目是一則四格漫畫，內容是一個國中生零用錢減半的故事，圖末以「我可以……」作結，所以內容應該是以「國中生的角度」，「從個人具體的生活事例出發」，寫出生活中切實可行的省錢計畫，並對如何運用金錢產生新的省思。

左右取材

因為是國中生的角度，所以日常支出主要是飲食、補習和娛樂的部分，文中可先檢視原本的日常花用，找出可以省錢的部分，再以記帳或計畫性的花錢彌補花錢無度的習慣。最後再提出新的想法：「觀念及習慣的改變，就能為家裡節省這麼多不必要的開支，為辛苦的父母分憂解勞。」這才是養成省錢好習慣的根本精神。

老師叮嚀

寫作時挑選日常生活相關，具體可行的活動詳加細述即可，留心舉例的可行性及難易度，全文會更具說服力。

摩拳擦掌好實力

【字形挑戰】

1. 我已經是泥菩薩過江，自顧不ㄒㄧㄚˊ（　　）救（　　）了，哪還能解ㄋㄤˊ（　　）助你金錢。

2. 他總是抱著ㄊㄨㄛˊ（　　）鳥心態處理公文，事情已經觸ㄐㄧㄠ（　　）難行了，他還是假裝不知情。

答案 1. 暇、囊　2. 鴕、礁

【語詞挑戰】

接龍

・似是而非

答案 似是而非→非同小可→可圈可點→點石成金→金枝玉葉

挑錯

・他慫個肩，涂抹防晒油後，就跳入游泳池了。

答案 慫個肩→聳個肩　涂抹→塗抹

【句子挑戰】

裁句

・無法在期限前交差完成的同學，老師將取消暫停他們的午休睡覺時間。

答案 無法在期限前交差完成的同學，老師將取消暫停他們的午休睡覺時間。

續句

・他早出晚歸……

答案 他早出晚歸，只求一家能溫飽。

仿寫作文好範本

題目

「我辛苦栽種數月的柚子，眼看就要豐收了，哪知颱風一來，所有心血瞬間化成烏有。」男果農對著滿地柚子，忍不住搖頭嘆氣。

女主人則坐在一旁，神情落寞的向記者哭訴：「借款、整地、施肥、灌溉、剪枝、修葉，日覆一日努力耕耘，為的就是能有好的收成，以改善一家人生活。現在卻血本無歸，不僅賺不到錢，還欠一屁股債。」

「一分耕耘，一分收穫」乃人盡皆知的格言，但是，上文的耕耘和收穫卻是不成比例，而世間不公之事又何止柚子果農？有些學生日夜苦讀，成績還是不盡人意；有些業務員早出晚歸，業績一樣沒有起色。這時，我們忍不住要對「一分耕耘，一分收穫」這句話提出質疑了。是的，格言並非真理，你也有感到「格格不入」的格言嗎？是「皇天不負苦心人」或「有志者事竟成」呢？抑或……

請挑選一句你最想批判的名句為題，寫出批判的理由，並且舉例證明。文長約六百字。

範文

船到橋頭自然直——名句批判寫作

◎記敘兼論說文

「別再為卡債傷腦筋了，船到橋頭自然直，先去大吃一餐吧！」、「船到橋頭自然直，別擔心，開學前我自然會寫完暑假作業。」我們總喜歡拿這句話安慰那些為工作所迫、苦於無法在期限前交差的人，請他們寬心，到時候自然有解決之道。可是，真的是「船到橋頭自然直」嗎？如果船長不掌穩船舵而任由船隻漂流，它怎會自動在橋頭靠岸呢？恐怕它不是流向茫茫大海，就是撞上橋頭吧！

國小畢業前，我和死黨約好騎乘腳踏車郊遊。出發前一天，大夥前往賣場購物，準備行程所需。唯獨小黑不肯配合，大家質疑他如何完成遊程？小黑聳個肩，故作瀟灑的說：「船到橋頭自然直，到時一定有貴人相助啦！」講到「貴人」二字時，還斜眼瞄了我一眼。隔天，他一路上不是喊渴，就是喊肚子餓，而且每隔十分鐘就嚷著要休息。剛開始大家還包容他，紛紛解囊相助。但是一到豔陽高照的下午，大夥自顧不暇，就沒人搭理他了。

小黑說：「你們真是沒有朋友道義。」大胖首先回嘴：「你不是說船到橋頭自然直嗎？」小哲接著搶道：「小黑，我覺得你都在利用朋友，你才不顧朋友道義吧！」氣得小黑掉頭就走，結果他因為沒有塗抹防晒油而晒傷，皮膚變得更黑了，從此我們調侃他為「大黑」。當然「橋頭黑」、「自然黑」也成了他的別號。

發明「船到橋頭自然直」這句話的人真是不負責任，船到橋頭若能「自然直」，那要有多少的機運呢？還未靠岸就觸礁而撞個稀巴爛的船難，恐怕更多吧！如果大家都懷有這種「時到時擔當，沒米煮番薯湯」的駝鳥心態，那麼，「汽油耗盡、森林砍盡、水源用盡」的世界末日，將提早到來。所以，我反對「船到橋頭自然直」這句似是而非的名言。

（施教麟）

看清題目

因為是「名句批判」，行文時就要有火藥味。語氣要肯定，要鏗鏘有力，才能將名句批倒。

左右取材

幾乎所有的名句都可批判。想一想，本身發生的實例和哪個名句背道而馳，就可用這個名句入題。

可先有實例，再根據實例取材名句。為了讓讀者折服你的批判能力，火藥就要有力。除「己例」外，如果能再舉「史例」、「時例」三管齊下，那這名句就被圍攻的體無完膚了。能照應到「三管」的名句就是好題目，好素材。

老師叮嚀

「議論——舉例——議論」非常適用於名句批判，本文就是採取這樣的手法。行文時，可至少讓名句曝光三次，以示切合題目。本文最後以肯定語氣再點一次名句當作結束，給人擲地有聲之感。

摩拳擦掌好實力

【字形挑戰】

1. 如果只為了孩子ㄧㄥˊ（　　）在起跑點就忽略了健康，造成身體ㄌㄟˊ（　　）弱，是十分不值得的。

答案　贏、羸

【詞語挑戰】

接龍　・提心吊擔

答案　提心吊擔→膽大包天→天壤之別→別開生面→面面俱到

挑錯　・那位同學上課使用手機、考試舞蔽，履勸仍未改善，另家長、老師十分頭痛。

答案　舞蔽→弊　履勸→屢　另家長→令

添詞　1. 手機有互相（　　）的功能

2. 考試用手機（　　）是違法的

答案　1. 通訊　2. 作弊

【句子挑戰】

仿句　・學生帶手機，可以使家長確認孩子的位置，也不用為詐騙集團的說詞提心吊膽。

答案　每天帶便當，可以讓孩子感受家長的愛心，也不用為午餐的選擇煩惱。

續句　・體諒校方的用心良苦，共同營造……

答案　體諒校方的用心良苦，共同營造學校優質的學習環境。

題目

某中學張貼公告如下：

為使同學養成良好生活習慣，維護教學品質，
避免上課手機鈴響或考試用手機作弊等情事，
請同學即日起勿帶手機入校，違者嚴懲。

公告張貼後引起學生的熱烈討論，反對聲浪居多，學生代表決定寫一封陳情信給校方，希望校方提出進一步的合理說明，以取得雙方的共識。

請就上述情境，選擇一種立場，設想理由充分的觀點，並且提出說明，文長約三百字。

一、站在學生的立場，說明「學生可以帶手機上課」的理由。

二、站在校方的立場，說明「學生不可以帶手機上課」的理由。

範文

給校方的陳情書——陳情書寫作

一、「學生可以帶手機上課」的理由

因為具有隨時可互通訊息的功能，使手機成為青少年不可或缺的生活物品，父母也因此能明確掌握孩子的行蹤，尤其是近來謊稱學生失蹤的詐騙電話頻仍，「假勒贖、真詐財」的案件也層出不窮，學生帶手機上課，可以使著急的家長在第一時間確認孩子的安危，不用為子女的人身安全提心吊膽。

雖然少數同學有上課手機鈴響、考試用手機作弊等情事，但是站在教育的立場，校方應努力宣導使用手機的生活禮儀，教導學生適當使用手機，包括上課將手機鈴聲改為震動，避免影響老師上課，不要在上課時間使用手機講話、傳簡訊、玩遊戲等，如此將創造學生與學校雙贏的結果。希望校方訂定攜帶手機的相關校規時，能充分和學生及家長溝通，兼顧情理，不要因為少數同學的錯誤行為，危害了多數同學的權益，甚至危及人身安全。

二、「學生不可以帶手機上課」的理由

校方站在保護和防範的立場，不贊成同學帶手機到學校上課，因為學生家長反應孩子的手機通話費昂貴，遠超過因事溝通的額度；老師也發現學生上課時常用手機打電動、傳簡訊，之前更發生手機考試舞弊的情形，這些狀況明顯妨礙同學學習及老師教學，屢勸仍難以改善，校方為了同學的學習品質與環境，只好嚴禁帶手機入校，希望同學能專心課業。

如果同學急需使用電話，可以打公共電話或和師長借手機，家長要和同學聯絡，也可以透過校方協助，我們不希望校外人士透過手機簡訊傳送犯罪訊息，引起紛爭，更擔心同學會比較手機型號、功能、價錢等，造成同儕不良的競爭與壓力，希望同學能體諒校方的用心良苦，共同營造學校優質的學習環境。

（鄒依霖）

看清題目

本文是典型的論說文，要求同學選擇一個觀點寫出「可以帶手機上課」或「不可以帶手機上課」的理由。因為篇幅不長，所以文章內容要切中事理，至於情緒上的反對或失落，都不須放在行文中描述。

左右取材

寫作時要細讀題目給予的訊息，例如：學校的公告中就有一些「不可以帶手機上課」的理由，寫作時就此延伸即可。至於反對意見：「可以帶手機上課」，除了要注意理由的合理性之外，若能就帶手機的弊端提出解決之道，其實就是上學可帶手機的充分理由了。

老師叮嚀

因為題目要求「選擇一種立場」，所以不要為了取巧兩種都陳述，反而使文章焦點模糊，立場不明確。只要立場堅定，多思考幾種理由佐證，內容就會充實有說服力了。

摩拳擦掌好實力

【字形挑戰】

1. 現在地球好像在發高ㄕㄠ（　）似的，等ㄉㄞˋ（　）著我們研ㄋㄧˇ（　）方法退燒，否則全球暖化造成的異ㄔㄤˊ（　），將為人類帶來ㄏㄠˋ ㄐㄧㄝˊ（　）。

答案 燒、待、擬、常、浩劫

【詞語挑戰】

注音 1.「數罟」（　）不入洿池
2.「掠」（　）奪地球資源

答案 1. ㄕㄨˋ ㄍㄨˇ　2. ㄌㄩㄝˋ

接龍
・一味

答案 一味→味道→道德→德行→行為

【句子挑戰】

裁句
・我們人類絕對不會是地球的主宰控制者，更不應變成成為殺人劊子手，因為人類的自私心理而導致讓地球上的萬物有一天瀕臨滅絕。

答案 我們人類絕對不會是地球的主宰控制者，更不應變成成為殺人劊子手，因為人類的自私心理而導致讓地球上的萬物有一天瀕臨滅絕。

續句
・地球就像在發燒似的，……

答案 地球就像在發燒似的，光退燒是不夠的，還須找出病因，從根本治療。

題目

美國前副總統高爾在《不願意面對的真相》中，說明了人類因為製造二氧化碳等排放物，造成了溫室效應與汙染，也造成了氣候異常，為了延緩全球暖化，許多國家都開始正視環保節能與宣導愛護地球的工作，請您以身為環保尖兵的立場試著寫篇文章，籲請民眾關心環保愛護地球。

範文

與地球共生息

◎論說文

地球只有一個，資源也不是無限使用源源不竭，如果我們過度的消費地球，浪費資源，那就將換來痛苦的代價。地球就像在發燒似的，等待著我們研擬出方法退燒，否則在可預見的將來裡，全球暖化造成的氣候異常，將為人類帶來一場浩劫。

譬如說車輛的增加，表面上看來是在享受行車的便利，但大量汽車排放的汙染物卻造成空氣汙染。而為了讓行車順暢，建造各種橋梁道路，甚至不惜鑿山開道，不只破壞了原有的自然生態，更讓大地承受種種毀傷。而為了讓汽車能動起來，石化燃油提煉成各種汽油，更是汙染地球的重要來源。僅僅只是滿足交通的便利，我們就得付出更多代價。

孟子說：「不違農時，穀不可勝食也；數罟不入洿池，魚鱉不可勝食也；斧斤以時入山林，林木不可勝用也。」這段話充分說明了古人對環境生態的保護與重視，因為如果一味的掠奪，有限的資源就會逐漸枯竭。我們只有一個地球，雖然他現在發高燒了，只要我們努力做好環境保護，敬天愛地，順應自然，仍可讓大地恢復生機。

愛護地球觀念在我們的生活裡處處都可以實踐，例如多搭乘大眾運輸交通工具，減少製造二氧化碳，自備環保碗筷，不使用所謂的一次性用品造成浪費，紙張重複使用增加效能。自備購物袋，減少塑膠製品的使用，這些看起來微小的事情，如果每個人努力實踐，就會變成一股環保的重要力量。

我們絕對不是地球的主宰者，更不應成為劊子手，因為人類的自私而讓地球上的萬物瀕臨滅絕。因此，我們要保護地球，知足少欲不過度消費，延長物品的使用期限，只要人人肯努力為環境保護出心力，減少大量排放二氧化碳，節能減碳又環保，必能拯救地球，讓他退燒。

（余遠炫）

看清題目

「與地球共生息」強調的是人與自然環境之間共生共榮的關係。「生息」就是生活的意思，但「生息」一詞可與「調整」、「休養」等詞相結合，而有不侵擾、不掠奪，調護保養以恢復元氣的意思。由此可見，題目中已明確的指出寫作的方向是強調愛惜地球資源，以恢復生態環境。

左右取材

早期人們強調「人定勝天」，不惜破壞環境以爭奪資源，只有少數聖哲能預見未來，實踐或提出環保的概念，如孔子「釣而不綱」，孟子強調「不違農時，穀不可勝食也；數罟不入洿池，魚鱉不可勝食也；斧斤以時入山林，林木不可勝用也」等。

近年來環保意識高張，足資寫作的題材隨之增加，除了美國前副總統高爾的紀錄片《不願面對的真相》外，陳文茜與孫大偉共同監製臺灣第一部敘述氣候變遷的紀錄片《正負2℃》，《明天過後》、《2012世界末日》等，都可以作為文章的素材。

老師叮嚀

只要平日多關心時事，環保類的題材相當多，在寫作上，應避免一味的攻擊謾罵，而應提出具體可行的做法為佳。

摩拳擦掌好實力

【字形挑戰】

1. 讀書可以開ㄊㄨㄛˋ（　　）眼界，可以讓我們擁有ㄔㄤˊ ㄕˋ（　　）。

2. 少ㄓㄨㄤˋ（　　）不努力，老大ㄊㄨˊ（　　）傷悲。

答案　1.拓、常識　2.壯、徒

【語詞挑戰】

配對

・同義詞配對

1.掩卷　2.推託　3.砥礪

A.琢磨　B.闔書　C.推諉

答案　1.(B)　2.(C)　3.(A)

添詞

1.（　　）知識，（　　）志氣。

2.善加利用（　　）的時間。

答案　1.吸收（或汲取）、砥礪　2.零碎

【句子挑戰】

仿句

・春天不是讀書天，夏日炎炎正好眠；過得秋來冬又至，不如掩卷待來年。

答案　上午正是讀書時，中午用功不須眠；過得下午晚上至，總該開卷在燈前。

題目

有一首打油詩說：「春天不是讀書天，夏日炎炎正好眠；過得秋來冬又至，不如掩卷待來年。」看起來任何時節都不適合讀書似的。還有人說，王永慶也沒讀什麼書，不是也能成為全臺灣數一數二的知名富豪嗎？又有人說，比爾蓋茲大學也沒畢業呀，還不是創立了微軟王國？……

針對以上的論調，你有什麼看法？請以「談讀書」為題，將你的看法寫成一篇散文，文長約八百字。

範文

談讀書——觀念辯駁寫作

◎抒情文

我們為什麼要讀書？因為有許多好處。有什麼樣的好處呢？讀書的好處可多了：可以增加知識，可以開拓我們的眼界，可以讓我們擁有生活的常識，可以在遇到難題時讓我們持有破解的能力……，讀書關係到我們的生活與生命，其重要性，由於可知。讀書既然如此重要，我們應該把握任何可以學習的機會，好好的讀書才是。

然而有人卻說：「春天不是讀書天，夏日炎炎正好眠；過得秋來冬又至，不如掩卷待來年。」又說：「王永慶也沒讀什麼書，不是也能成為全臺灣數一數二的知名富豪嗎？又有人說，比爾蓋茲大學也沒畢業呀，還不是創立了微軟王國？」看起來似乎有點道理，其實這只不過是不想讀書的偷懶者的推託之詞。試想：前者為什麼不能是「春天正是讀書天，夏日炎炎不好眠；過得秋來冬即至，趕忙開卷又來年」呢？時間過得如此之快，稍縱即逝，不趕緊把握，難道要等到年老髮白再來後悔嗎？至於後者，王永慶也許沒拿過什麼文憑，但他的人生書籍卻讀得比任何人都多，他在工作之餘，所讀的書可不少！比爾蓋茲呢，他讀的是美國第一流名校哈佛大學，他在進哈佛之前，已經下了許多讀書的工夫，如果不是這樣，他不可能有超凡的見識，而他之所以大學沒畢業，是他選擇先行離校以節省時間，把握創業的時機，和一般不讀書者的情況是不一樣的！

因此，莫拿偷懶當藉口，俗話說：「少壯不努力，老大徒傷悲。」我們應該趁著年輕反應快的時候，大量吸收知識，砥礪志氣，從書本上汲取他人的成功經驗，豐富自己的內涵，為往後的人生道路鋪設堅實的地基，走起來才能夠腳踏實地。

然則，要怎樣利用時間讀書呢？

宋朝歐陽修說過自己的看書時間是「三上」：枕上、廁上、馬上。這給了我們很好的啟示：運用零碎的時間！許多人說課業繁重、工作繁忙，但總是有一些零碎的時間吧？把這些零碎的時間善加運用，一天如果能有個二、三十分鐘，一個星期就有兩百分鐘左右，一個月就有八百多分鐘，一年……，結果十分可觀！只要堅持想做，時間就會被找出來。當然，我們還得要掌握讀書的要領與策略，這點可以求教於師長或談讀書策略的書籍。只要有心，一切都不是問題！

（潘麗珠）

看清題旨

「談讀書」是一個極為常見的題目，寫作方向可以包括讀書的目的、讀書的方法、讀書的重要性等，就本題而言，寫作的方向有二途：一是讀書的必要性，二是讀書的時間。

左右取材

說明中引用打油詩：「春天不是讀書天，夏日炎炎正好眠；過得秋來冬又至，不如掩卷待來年。」詩中的「春」「夏」「秋」「冬」等強調的就是讀書的時間，而「不是讀書天」、「正好眠」、「掩卷待來年」則否定了讀書的必要性。說明中舉「王永慶」、「比爾蓋茲」等更強化了這個論點。本文的寫作重點在於辨駁似是而非的觀點，所以必須認清題旨，若是認同那些似是而非的觀點，就嚴重離題了。在取材上，若只是舉出足以證明讀書重要性的實例，那是不夠的。還須深入探討題目的例子，說明例子與讀書的關係，如此才有說明力。

老師叮嚀

在寫作這類題目時，絕對不可以批判題目隱含的主旨，也就是說，絕對不可以反對讀書的重要性。其實，在寫作時，可以釐清自己對讀書的認知，如此，在寫作的同時，也同時建立了正確的讀書觀念。

速攻引導式情境作文 ／ 潘麗珠等編撰. －－初版.

－－臺北市；五南，民 99.09

面；　公分

ISBN 978-957-11-6061-0（平裝）

1.漢語　2.作文　3.寫作法

802.7　　99014678

國家圖書館出版品預行編目資料

速攻引導式情境作文

總策畫　潘麗珠 教授
總編輯　龐君豪
執行主編　黃文瓊
封面設計　吳佳臻

出版者　五南圖書出版股份有限公司
發行人　楊榮川
地　址：台北市大安區 106
和平東路二段三三九號四樓
電　話：○二－二七○五五○六六（代表號）
傳　真：○二－二七○六六一○○
郵政劃撥：○一○六八九五－三
網　址：http://www.wunan.com.tw
電子信箱：wunan@wunan.com.tw

顧　問　元貞聯合法律事務所　張澤平律師

版　刷　中華民國九十九年九月初版一刷
中華民國九十九年十月初版二刷

定　價　二八○元